書下ろし

ノー・コンシェンス

要人警護員・山辺努

梶永正史

祥伝社文庫

目次

プロローグ

時報が午前六時を伝え、テレビ画面には皇居の様子が映し出された。まだ薄暗く、内堀を走るランナーは皆、白い息を吐いている。

カメラはやがてスタジオを俯瞰するアングルに変わり、薄緑を基調としたカウンターテーブルに着く、二人のキャスターに向かって下りていく。

そして、すっかり朝の顔になっている白髪の男性メインキャスターを捉えた。

「おはようございます。まずは気になるニュースから」

そのニュースは、決して冬晴れの凜とした清々しい朝に相応しいものではなかったし、また少し憂鬱な月曜日の朝であればなおさらだ。万人が手を止めて耳をかたむけるような話題でもなかった。むしろ、特に忙しく、
それでもテレビ局としては取り上げないわけにはいかなかった。その事件が〝奇妙〟な――。

「大規模なサイバーテロのニュースです」

テレビ画面左上にテロップが出た。

〝世界規模でサイバーテロ？〟

「これまでサイバーテロのニュースはお伝えしたことがありましたが、今回は少し様子が異なります」

ここで資料映像に切り替わった。歴史を感じさせる色をした四本の石柱を持つビルで、Ｆｏｒｂｅｓの文字が見える。画面左下にはニューヨーク５番街とテロップが出た。

「各国の多種多様な一流企業が狙われたわけなのですが、それらは世界的な格付けメディアとして知られるフォーブス誌でランキングされている、きっちり上から一〇〇社だということなんです。さらに、それらのセキュリティは突破されたのがほぼ同時刻。今から五時間ほど前、日本時間の午前一時ころのことでした」

再びスタジオ。画面の右、モニターの横に立つ女性アナウンサーがことの深刻さを眉の傾きで表現する。

「世界に名だたる企業であればそれに見合ったセキュリティシステムを備えているかと思うのですが……」

「その通りです。企業の知的財産、経営状況、顧客情報。これらを守ることは企業の信頼度に直結し、それは価値を、端的にいえば株価をも左右します。それこそ企業の存続に関わるものです」

物理的な帳簿を作り、コンピューターに頼らずに鍵を何重にもした金庫の奥に大切にしまっておければいいが、それではスピードと正確性が求められる現代のビジネスが成り立たない。

「それだけに、コンピューターセキュリティ関連への投資はかけすぎることがない、と言われています」

人間が作ったテクノロジーはまた、人間によって破られる。完璧なものなど存在しない。それは理屈ではわかる。

しかし、ここまで多くの企業が一斉にハッキングされたとなれば、現在のセキュリティシステムはまるで無意味ではないかと思えてくる。

「どうしてこんなことが起こったのでしょうか？」

質問を受けた若い男性アナウンサーは、とっておきの切り札を持っている弁護士のように、動ずることなく大きくうなずいた。

「コンピューターセキュリティがご専門でいらっしゃる相武大学先端科学部の坂本教授と電話がつながっております。さっそくお話を伺ってみましょう――。もしもし坂本教授、朝から恐れいります」

ワンテンポ遅れて、甲高い声が聞こえてきた。

『坂本です、よろしくお願いします』

画面の左上には、スチール写真が表示された。入学案内のパンフレットを撮影したかのような、印刷物特有のザラついた画質だった。

「さっそくですが、今回の事件についてはいかがお考えでしょうか。セキュリティがことごとく突破されたようなのですが、こういうことは起こりえるのでしょうか」

『可能性という意味では、起こりえます。といいますのも、現在のコンピューターセキュリティを支えている暗号化技術ですが、実は、解読をすること自体は理論上不可能なことではないのです』

「えっ、そうなんですか」

男性キャスターの横で、女性キャスターは体をわずかに緊張させ、はじめて聞いたというような驚きを表現した。

『計算で求められますし、その答えを偶然、見つけてしまうこともありえます。ただ、世界中のスーパーコンピューターをかき集めてきても、とてつもない時間がかかるために〝事実上〟不可能と言われているだけなのです』

「なるほど。しかし一社ならともかく、それが同時多発的にトップ一〇〇社のセキュリティが突破されるというのは、どういうことが考えられるのでしょうか」

『そうですね、情報流出などの人為的なミスか、それぞれの脆弱性をあらかじめ知っていなければ、まさに〝事実上〟不可能なはずですね。偶然は一〇〇個も重なりませんから』

「なるほど、今日は朝からありがとうございました」

女性アナウンサーのバストアップショットになる。

「さて、このサイバーテロに奇妙なことがもうひとつあります。それは、セキュリティを突破されただけで、具体的な被害が何も報告されていないということなんです。では、被害もないのになぜ気づいたんでしょうか。それは政府関係にも実績を残している大手セキュリティ企業社長宛に届いた怪メールに始まります」

その、大手セキュリティ企業の社屋が映し出された。テロップにより、青空はカリフォルニアのものだとわかった。

その青空に女性キャスターの声が重なった。

「社長のメールアドレスはごく一部の人にしか知られていないはずだったのですが、そこに届いたメールの件名には――」

カメラはふたたびスタジオに切り替わると、女性アナウンサーが持つフリップを映しだした。

「Hacked by MRI、つまりMRIによってハッキングされた、とありました。そして本文には件の企業名が一〇〇社、羅列してあったそうです。連絡を受けた技術者たちが慌てて調べたところ、セキュリティを突破した先のデータベースの一行目にこんな追記があるのを確認しました」

二枚目のフリップと入れ替えると、バイリンガルという触れ込みを活かす流暢な発音で読み上げた。

“There is no CONSCIENCE. Ho-Ho-Ho”

フリップには訳も添えられていた。

【そこに良心なんてないよ。ほっほっほっ】

「十二月らしく、あたかも煙突から忍び込んだサンタクロースが、プレゼントの代わりに落書きを残していったようにも思えますね。こういったこともあって、愉快犯的なハッカー集団の仕業ではないかとも考えられているようですね」

女性キャスターは、彼女自身、内容を理解していないような顔を、男性メインキャスターに向けながら続けた。

「SNSやインターネット掲示板では、ひょっとしたら某国の政府機関が腕試しをしたのではないかともささやかれているようですが」

「組織的な犯行には間違いないように感じますが……。捜査の行方を見守りましょう」

男性メインキャスターは、そのまま、まとめに入った。

「テクノロジーは、既存のそれを凌駕すべく常に進化してきました。まるで弱肉強食を繰り返してきた生命のように。もし、一歩抜きん出たテクノロジーを人知れず持つことができた者は、それを試したいという衝動を抑えられるでしょうか」

　すーっと、顔のアップになる。

「どんなにテクノロジーが進化しようとも、それを使うのは人間です。ハッカーはメッセージの中で〝良心〟という言葉を使っていましたが、それは人類がテクノロジーを正しく使うための最後の砦なのかもしれません」

　女性キャスターは、深く考えさせられる、という顔をしたあと、まるでどこかにスイッチがあったかのように、いとも簡単に明るい表情に切り替えた。

「さて、続いてお天気コーナーです。今日は、とーっても寒い一日になりそうなんです」

第一章

季節は物悲しくも色彩に溢れる秋ではなく間違いなく冬なのだと、未練を断ち切らせるような冷たい風が吹き抜けた。

山辺努は、冷気をやり過ごすために思わず首をすくめてしまったが、それは要人警護の任に就く者として不適格だと自責し、直立不動の姿勢をとりなおした。

日差しを保するような浅黒い肌に、きれいなTの字を構成する直線的な眉と鼻筋。そして二日分の無精ひげが浮き立たせる四角い輪郭は、一八〇センチを超える長身ということもあり、男性的で頑丈な印象を見せていた。

ただ、どこか愛嬌のある目尻の持ち主でもあるため、どんなに鋭い眼光を周囲に配ったとしても、甘く見られているのではないかと、山辺は気にしていた。

他の仕事なからともかく、要人警護に〝優しそうな人〟はいらない。

この仕事についたのは三ヶ月前のことで、いま着ているスーツはそのために購入した。金もなかったので、一着ですむならばとオールシーズンのものにしたが、これだけではさすがに辛い。

地面を這ってきた冷気が、足首から入り込んでは駆け上がってくる。耳や指先など、体の末端は寒さを通り越してすでに痛みの領域に入ろうとしていたが、それでも冬は嫌いではなかった。空気は澄み渡り、それを肺に満たせば体が浄化される気すらするし、街の風景はシャープな輪郭を見せる。

東京・高井戸の閑静な住宅街。低層住宅が広がるこの地域ではひときわ目立つ十階建てのマンションのロビーに目を配った。入り口に置いてあるクリスマスツリーが寒風に煽られて揺れていた。そこに住人だろうか。サラリーマン風の男がひとり出てきたが、外気に触れた途端に、肩をすくめながら小さな歩幅で駅へ向かっていった。

腕時計に目をやる。山辺の待ち人が出てくるにはまだ早い。

杉並清掃工場の真っ白い煙突が青空に映えていた。その一六〇メートルある煙突の先端から排出される水蒸気状のガスが、強風にちぎられながら雲のない空に白いアクセントを描いていた。

そのままどこまでも高い空に目をやれば、毛様体筋はストレッチをするように伸びて水晶体を弛緩させる。

こんな時、山辺はかつて時を過ごした陸上自衛隊富士中野学校を思い出す。

当直についた朝、本当の意味で身を刺すような空気を体験した。

しかし、見上げてみれば群青色の空にシルエットを浮かべる富士の稜線。なにものにも代え難い風景で、それは今でも目に焼き付いている。

あのころは一生を自衛隊に捧げるつもりでいたが……。

「おはようございます」

東京の空に富士を重ね合わせていた山辺は、渋い声に我に返った。

「あ、おはようございます、辻川さん。今日も寒いですね」

山辺は周囲に視線を向けながら、警護対象者を迎える。辻川浩晃というベンチャー企業の代表だ。

辻川は還暦を過ぎているというが、長身でスマートな体躯を維持しており、いまだにフルマラソンで四時間を切ることもあるという。

キャラメル色のPコートに深緑のマフラーを巻いており、風に煽られた白髪を革の手袋をした左手で撫で付ける。

山辺はクラウンの後部座席のドアを開け、乗り込んだ辻川がコートの裾をたくし上げるのを確認してからドアを閉める。小走りで運転席に回り込み、車を滑らかにスタートさせた。

「寒いから車の中で待っててもらって構わないのに」

辻川の気遣いに、山辺は頭を下げる。

「私の任務は運転手兼身辺警護と伺っておりますので、周囲には気を配りませんと」

「さすがですね。でも山辺さんが寒い中、外で待っておられると思うと、おちおち寝坊もしていられませんよ」

辻川は気さくな笑みを浮かべながら分厚い本を取り出した。

路地を抜けて井の頭通りに出るまでの数分間は世間話をするが、ここから会社までの小一時間は静かに本を読むのが日課だ。だから山辺はスムーズに運転することを心がけ、その間は口を挟まないし、咳すらもしないように気を遣う。

しかし今日は違った。なにかを思い出したかのように、辻川の方から声をかけてきた。

「山辺さん、ちょっと急なのですがアメリカに出張になりそうです。チケットが取れるようでしたら明日にでも発つつもりです。一週間ほどの予定ですが、場合によってはもっと延びるかもしれません」

「ずいぶん急な出張ですね」

「ちなみに、山辺さんのご都合はいかがでしょうか」

「はっ、特に予定はございません。契約が満了する年内は一切予定を入れておりませんので」

「そうですか。これは契約にはありませんが、もしよかったらご同行いただくことは可能でしょうか。カリフォルニア州のサンノゼというところです。いつもは先方で運転手を用意してもらえるのですが、今回は急なのでどうやら間に合いそうにないんです。それまでの繋ぎとして数日の滞在でも構いませんし、もし山辺さんのご都合が合えば、一緒にいてもらえると心強いと思いまして。やや先の見えない仕事ですので、状況により先にご帰国いただいても構いません」

「そういうのは松井のほうが適任かと。私と違って英語もできますので、聞いてみましょうか」

松井は、山辺が陸上自衛隊朝霞駐屯地の警務隊に所属していた時の上司で、退官後にプライベートセキュリティ、つまりＶＩＰなどの私設警護を請け負っていた。

山辺もあとを追うように除隊したが、それは突発的で、再就職の当てがあったわけではなかった。やはり経験を生かし、セキュリティ分野に生計を託そうとした。

しかし、別れた妻子に対する養育費の問題もあって仕事を選んでもいられない。幸い、自衛官時代にショベルカーやブルドーザーなどの様々な資格を取得していたので、建築現場でも働き、生活に困らない程度は稼げていた。

そんな時、松井から紹介されたのが、辻川の運転手兼身辺警護だった。

もともとは松井への依頼だったが、松井は自分以外にエージェントを抱えているわけではなく、当人は既にとある政治家の警護についていたため、一度は断ったらしい。しかし、どうしても、ということで松井は山辺に声をかけてきたのだった。

信頼して仕事を任せられる人物を他に知らないから、と。

単発的な仕事の請け負いで、契約期間は年末までの三ヶ月。その後の生活の保証があるわけではなかったが、山辺は二つ返事で引き受けた。

尊敬する松井からの相談だったし、どこか物足りなさを覚えてもいたからだ。

「あの方はお忙しいでしょうし、それに、これはあなたの能力を見込んでのことです」

「能力もなにも、まだ運転しかしておりませんが」

普段は和泉二丁目から水道道路を経由して新宿を抜けるが、カーナビゲーションの画面には事故のマークが表示されている。車の流れも悪そうだった。

山辺は松原の交差点を左折し、並行する国道二〇号線に入った。

「ははは。運転できない私から見たらそれだけでもすごいことです。でもね、こう見えても人を見る目はあると思っています」

「恐縮です。しかし現役ならともかく、私は自衛隊をドロップアウトした人間ですよ」

大原陸橋のアンダーパスをくぐった先の合流で流れは完全に止まってしまった。事故を避けた車が国道に流れてきているのだろう。

ふと、横をすり抜けようと接近するバイクの姿がバックミラーに映っているのに気づいた。山辺は感覚の警戒レベルを上げた。

都会で襲撃するならバイクの機動力は脅威だ。妙な動きはしないか、と集中した。そのため辻川の言葉を聞き逃した。

「あ、すいません」

バイクは、あっさりと抜いていった。自衛隊での訓練が体に染み込んでいるのか、日常生活においても、こういう過剰な警戒を無意識にしてしまう。

「山辺さんは警務隊にいらっしゃったんですよね？」

「はい、その通りです」

警務隊は自衛隊内に設けられた警察の役割を担う部署だ。捜査対象が自衛官というだけで、捜査機能としては警察と同じである。

「そういえばどうして自衛隊をお辞めになったのですか？　ドロップアウトされたと言われましたが、あなたほど優秀な方なら将来のキャリアも開けていたでしょうに。あ、もちろんこれは面接ではないので、お答えづらかったら構いませんけども」

「いえ、そんなことはありません。ただ、決して褒められたことではありませんし……」

辻川が、本を閉じて鞄に仕舞うのがバックミラー越しに見えたので、山辺はわずかに顔を横に向ける。すると、辻川は笑いながらシートに体を預けて足を組み、両手を広げてみせた。

偉そうな態度ということではなく、なんでも受け入れるというポーズだった。

山辺は苦笑を浮かべたあと、ぽつりぽつりと言葉をつなぎはじめた。

あれは、それまで班長を務めていた松井が退官して三ヶ月ほど経った頃だった。後任の班長は松井と比べると、若くてやや軟派なところがあったが、上手くやっていた。

「その日、北朝鮮の弾道ミサイル発射に備えて、朝霞駐屯地内にパトリオットミサイルを機動展開するという訓練が行なわれていました。発射機の他にもレーダー装置などを載せた二十台ほどの車両が集まっていましたが、発射機を載せたトレーラーを切り離す際に、ある隊員が牽引車に轢かれて死亡してしまうという事故が発生しました」

「なんと、痛ましい」

「はい……。しかし事故ということになっていますが、私には過失、いえ、故意だとさえ感じられました」

辻川が眉根を寄せた。

「それはどういうことです？」

「調べたところ、牽引車を運転していた隊員と被害者の間には諍いがあったようで、口論をするところが頻繁に目撃されていたのです。私は被疑者を連日聴取し、ついに本人から『ちょっと脅かすだけのつもりだった、直前で止まるつもりだったが間に合わなかった』との証言を得ました。これは単なる事故で済ませられない、と起訴の準備をしていたところ、上司から捜査中止を命じられたのです」

「そこまで証言があるのに、どうして」

「私も同じことを尋ねましたが、聞く耳を持ってくれませんでした。ご遺族の方の気持ちを考えると、ただ命令に従っていればいい、と頑(かたく)なな上司が許せなくて……」

山辺は当時のことを思い出し、ハンドルに添えていた右手を強く握った。あの時の拳(こぶし)の感覚はいまも残っている。

辻川は、その先になにが起こったのかについては、説明がなくとも理解できたようだった。

「私はそれで自衛隊を去ることになったのですが、相手にとっては、煩(うるさ)い奴を追い払うことができて思うつぼだったのかもしれません。地道に水面下で捜査を進めていれば真相を明らかにできたかもしれないのに、短気が災(わざわ)いしてしまいました」

辻川は首を大きく振った。しかし、その後に見せた表情は明るかった。

「やはり、あなたにはぜひ、一緒に来て頂きたい。その熱さというか、正義感。良心にしたがって行動されている」

「しかし、私は離婚歴もあるダメ男ですよ?」

「それは関係ありませんよ」

愉快そうに笑った。

「まぁ私は会議でこもりっぱなしになるでしょうから、施設の中にいる間は基本的に自由にされていて結構です。身辺警護といっても運転手のようなことばかりさせてしまって申し訳ありませんが」

　とまた笑った。

　明治通り(めいじどお)りを横切り、千駄ケ谷(せんだがや)駅の手前を右に入る。住宅やオフィス、そして東京体育館(とうきょうたいいくかん)、新国立競技場(しんこくりつきょうぎじょう)などの公共体育施設が集まるエリアで、目的地はすぐだ。

「あの……」

　山辺はこれまで気になっていたことを聞いてみることにした。

「私の仕事は、運転手兼身辺警護と聞いていますが、なにか、狙われるような心当たりがおありなのですか？」

　これまで辻川の警護をしていて危険を感じたことはなかった。

「いえ。友人からの忠告なんですよ。『備えよ、常に』です。私は仕事を持ち帰らない主義なのですが、そうは思わない連中が手っ取り早く研究成果を奪おうとするかもしれないと。特に通勤途中が一番狙われやすいみたいですね。実際アメリカではそういったケースも報告されているようで。それに、あなたにはセキュリティのアドバイスもしていただいている」

　煉瓦(れんが)造りを思わせる茶色の外壁を纏(まと)った平屋の建物が見えてきた。辻川が代表を務めるプロトビジョン社だ。

　二階建てに見えるが、ワンフロアになっている。このあたりはかつて服飾関係の会社が集まっていたこともあり、この物件も、もともとは靴工場だったようだ。

壁面は緑化されているのだが、今は緑も少なく、それが余計に寒々しく感じさせた。

人工知能の研究では有名らしく、外見は古臭いが中は最先端の機器が詰め込まれている。当然、民間警備会社の警報装置などが備えられてはいたが、山辺は駐屯地の警備経験からいくつかアドバイスを行なっていた。

山辺は車を正面玄関に横付けさせたが、辻川を出迎える人間はいない。

建物の大きさにくらべて、スタッフは十名ほどのベンチャー企業で、施設の半分以上を研究設備が占めているという。

辻川曰く、雇用関係にあるというよりは、どちらかというと研究者の集いの場を提供しているようなかたちで、経理や営業に相当する業務はすべて辻川が行ない、研究に没頭してもらっているとのことだった。

山辺は他の研究者と顔を合わせたこともあったが、彼らは常になにかを考え込んでいる雰囲気で、社交性を感じる人は少なかった。

山辺はバックミラー越しに辻川と目を合わせた。

身辺警護はなにかがあったときにどうにかするというスキルよりも、なにも起こらない状態を維持するのが一流だ。

これは松井がよく言う言葉だ。

社内に立ち入ることはあまりなく、多くの時間を車の中や見回りで過ごしている。つまり抑止力として機能すること。山辺はそれを心がけ、隙をつくらないようにしてきた。

海外生活の経験が乏しく、アメリカでどれだけ役に立てるのかはわからなかったが、一緒にいるだけでその務めができるのなら断る理由はなかった。

「かしこまりました。同行させていただきます」

「よかった。よろしくお願いします」

辻川は安心したような笑みを残して、車を降りた。


二日後、山辺は辻川と共に成田空港にいた。

辻川は航空会社のダイヤモンド会員ということで、チェックインカウンターの列に並ぶことなく直接出国審査場へつながる専用エントランスへ向かった。

山辺も同行させてもらったが、別世界だった。

コンシェルジュスタッフが笑顔で出迎え、ソファーを勧められる。高級ホテルのロビーのような雰囲気は空港内とは思えず、手渡されたおしぼりで顔を拭きたくなるのをためらってしまった。

「別に私はお金持ちじゃありませんよ。出張が多いと勝手にマイルが貯まってしまうのです」

辻川は悪戯(いたずら)っ子のような笑みを浮かべると、メガネを頭に載せて、おしぼりで顔を拭いて見せた。

辻川は山辺のためにビジネスクラスを用意してくれていた。

これまで飛行機に乗るとしたら骨組みがむき出しになったC1輸送機だとか、せいぜいLCCだったので、山辺にとってはカルチャーショックの連続だった。

空港ラウンジに立ち入ったこともなかったし、機内でウエルカムドリンクとしてシャンパンが出てくるのも、また機内でCAが名前で呼んでくれるなど初めての経験で、恐縮しっぱなしだった。

成田を離陸したのは夕方。十時間弱のフライトを経(へ)て、現地には同日の午前中に到着する予定だった。

機内では食事と共に軽く酒を飲み、映画を見ているうちに眠くなった。フルフラットシートを試してみたが、快適すぎる環境はかえって落ち着かなかった。

結局、背もたれを立てたまま、ブランケットを顎(あご)で挟んで寝た。それでも輸送機に比べれば比較にならないくらい快適で、熟睡できた。

カリフォルニア州ノーマン・Y・ミネタ・サンノゼ空港には定刻よりも早く到着した。

空港に日本人の苗字が入っているのは、日系人として初めて閣僚になったミネタ・ヨシオ氏に由来しているのだ、と入管の順番待ちの間に辻川が教えてくれた。

国際空港としては小さい部類なのか、飛行機を降りて空港を出るまでにターミナルを延々と歩かされることはなく、入国審査を終えてしまえば三分もかからずにカリフォルニアの太陽の下に出た。

サンノゼは、サンフランシスコの南に位置する都市で、福島県とほぼ同じ緯度にある。それでも冬の平均気温は摂氏十五度前後あり、高原のような空気もあってずいぶんと過ごしやすい印象を持った。

しかし夜間や早朝など、太陽が隠れる時間帯は途端に寒くなり、五度程度にまで下がることもあるようだった。

辻川は何度か来たことがあるようで、迷うことなくシャトルバスに乗り、隣のターミナルでレンタカーを借り受ける。運転するのは山辺だが、ややこしい契約のことについては辻川が通訳してくれた。

広い駐車場の柱番号を目安に車を探す。マツダ6というシルバーの4ドアセダン。日本ではアテンザの名で呼ばれている車種の北米モデルだ。

ハンドルを握り、ホテルに向かう。時差ボケもあるため、今日はホテルでゆっくりしようということになっていた。

ホテルはヨーロッパ風のショッピング地区であるサンタナロウという場所にあった。日本でいうと銀座や表参道をコンパクトにまとめたような雰囲気を持つ街で、ホテルもロマネスク様式の装飾を纏った優雅なデザインだった。

ホテルのチェックインカウンターで、山辺は辻川の向かいの部屋にしてもらえないかと頼んでもらった。辻川を訪ねる者がいた時に、その様子をドアスコープから確認できるため、警護する上で有利なのだ。

しかし、あいにくその条件に合う部屋は借りられているということだったので、同じフロアの部屋にしてもらった。

石畳のロビーを進みエレベーターに乗り込んだ。部屋は四階だった。

「辻川さん、我々の部屋のグレードは同じタイプでしょうか」

「ええ、そのはずですが」

それを聞いて山辺は自分のルームキーを差し出した。

「これは?」

「お部屋を交換しましょう」

「えっ、交換ですか?」

「念のためです。このホテルを疑っているわけではありませんが、どこかで誰かが情報を聞き出すかもしれない。勝手がいかない国では、出来ることも限られていますので」

「なるほど、さすがですね」

　辻川はまるでスパイ映画でも楽しむように笑うと、カードキーを交換した。

「もし誰かに部屋番号を聞かれたり、なにか荷物を送ってもらったりする必要があるときは、もともとの部屋番号をお伝えください。私が取り継ぎます」

「わかりました」

　辻川は、夕食まで外出しないというので、それまではそれぞれの部屋で休むことにした。

　待ち合わせまで何をするべきか頭を悩ませる必要はなかった。シャワーを浴び、ベッドに腰掛けるとあっけなく寝落ちしていたからだ。


　腕時計のアラームで目が覚めたのは夕方の四時。脳は起きているが身体は寝ているようで、どこまでも重かった。

　辻川とは六時にロビーで待ち合わせていたが、三十分ほど早目に降りてロビーで待った。白を基調とした室内に、ロココ調の調度品が並んでいる。

　黒のアイアンフレームに白いクッションを載せた椅子に座り、あたりを見渡す。

　視線は自然と非常口の場所を探し、体格のいい男を見るとどうやって戦うかを考えてしまう。山辺は思わず苦笑した。

渡米前にリサーチをしていたが、このあたりは世界に名だたるＩＴ企業が軒を連ね、犯罪率が低い地域と言われている。失業率も全米で二番目の低水準であり、行き交う人からはどこか余裕のようなものが感じられる。このホテルも一泊五〇〇ドルほどするとあって、客層も富裕層が多いように見える。

皆が幸せそうな笑みを浮かべていて、悩みなどなさそうに見えた。

やがてエレベーターから現われた辻川が笑いながら近づいてきた。

「油断したら寝てしまいました。歳をとると時差ボケもつらいですよ」

「私もです」

二人はホテルからさほど離れていないイタリアンレストランに入った。テーブルは半分ほど埋まっていた。

メキシコ系の若い女性店員が注文をとりに来た。辻川はサーモングリルをオーダーしたが、簡単なジョークを挟んだのか、笑いを交わしている。山辺はメニューを睨むが当然英語なので、何を食べたいかというよりも、聞き覚えのあるものを探す。それにしても高い。油断すると簡単に一〇〇ドルを超えてしまいそうだが、このあたりでは相場なのだろう。

結局、ステーキの写真を指差したが、店員は次々と聞いてくる。焼き方以外にも、ソースは？　一緒に添えるのはポテトか？　ポテトならフライか、マッシュか？

なんとか注文を済ませ、オススメのワインを飲み交わした。やはり時差ボケなのか、いつもより酔いが回るのが早いようだった。

食後のエスプレッソを口に運びながら辻川に聞いた。

「確か、人工知能を研究されているんですよね。今回は学会かなにかですか？」

「ええ、研究者が集まってお互いの脳をこねくり回すのです」

冴えないジョークだと辻川は笑う。

「ＡＩに興味がおありですか？」

「いえ、私には正直よくわかりません」

山辺は後ろ頭を掻く。

「最近はＣＭなんかでいろいろ見るものの、だからなに？　って感じで」

「そうですね、確かにＡＩという言葉が気軽に使われ過ぎているきらいはありますね」

辻川は水を口に含むと目を細めた。

「もともと定義が曖昧な分野です。なにが出来たらＡＩと呼べるのか、そんな線引きがありません。ゲームや家電、おもちゃにも入っている。ですが、その多くはプログラムに沿って動いているだけのものが依然として多い。つまり、人間っぽく振る舞っていても、所詮、そう見えるように動いているだけのものです」

「自分で考えていない、と？」

「その通りです。私が研究している人工知能は、自分自身で経験したことを元に、自分が成長するためになにが必要なのかを判断し、それを得るために良心に基づいて行動する、というものです」

「良心？」

テクノロジーの分野ではあまり聞き慣れない言葉に思えた。

「ええ。良心というのは自分自身の行動を決定するガイドラインといえますが、それはやはり、とても曖昧です。単純に物事の善悪を測る基準にはなりません。一般的な線引きはあっても、時と場合、見る立場によってそれは異なりますから」

グラスの縁を撫でながら山辺に聞いた。

「もし、良心とはなんですか、と聞かれたらどう説明しますか？」

「そうですね……社会のルールを守るというか、集団生活を乱さないために必要な道徳的な行動、でしょうか」

「いい答えです。しかしながら、たとえば……山辺さんは、ご結婚されていましたね？」

「はい、息子がひとりおります。離婚したのは三年ほど前です。すいません」

「どうして謝るんですか。私も同じくですよ」

辻川は笑みを浮かべながら頷いた。

「さて、ではその息子さんが真夜中に熱を出して、あなたは車で病院に向かっているとします。ところが車も人もいない小さな交差点で赤信号につかまってしまった。ずいぶんと待っているのに一向に青にならない。どうしますか？」

「もし他に車が来ないのなら、赤信号を突っ切る……かもしれません」

「はい、おそらく多くの人が同じ回答をするでしょう。誰も責める人はいない。つまり守るべき社会のルールが状況によって変えられてしまったわけです」

「信号無視をしても許される……いや、理解される」

「はい、しかしどんなに理解してくれる人が多いとしても、信号無視が交通違反であることには変わりません。そんな例外を法律に追記しはじめたら大変なことになるし、一度許してしまうと社会の秩序が乱れてしまうので、警察官はあなたの免許から何点か取っていくでしょう。まぁ、現代社会のルールというのは完璧ではないということでもありますが、つまり——」

辻川が、ここがポイントですよ、と身を乗り出した。

「良心というのは、時に人を悪にも変えてしまうのです。その中で、人はどう成長するのか。いい人、とはなんなのか。それがどう構築されていくのか。私が研究しているのはそんなことです」

「〝いい人〟がどうやって出来上がるのか、ということですか？」

辻川は愉快そうに笑った。

「いい人が良心的とは限りません。法的に罪を犯していても、その人にとっては良心に沿って行動したのかもしれないし、その逆もまたしかりです」

山辺の脳裏をある一件がよぎった。

「それは、わかる気がします」

「なにかお心当たりでも？」

「はい、警務官をしているときにある自衛官を情報漏洩の廉で逮捕したことがありましたが、それも彼にとっては良心に従っていたのかな、と」

「差し支えない範囲で、もしよろしければ聞かせてください」

山辺は手元に置かれたワイングラスに視線を置いて、頭の中で話を整理した。

あれは、今でも忘れられない。

「その男は、レンジャー部隊の資格を持つ優秀な人物でした。日本を守るうえで、自衛隊はどうあるべきかと常に考えていました。幹部たちを交えて討論することもよくあったようです」

辻川はテーブルに両肘を置き、その上に顎を乗せた。目は山辺の言葉を一言一句逃すまいとするような真剣な光を帯びていた。

「日本の安全保障を語るうえで、脅威として真っ先に中国の存在が挙げられます。近年の軍備増強は他国を圧倒していますし、特に海洋進出では強引ともいえる行動に出ています。しかし、そこには国の意思が働いています。国として動く以上、前兆はありますし予測することもできます。外交によって回避することも可能でしょう。それに国際的な枠組みの中にいる以上、ある日突然、侵攻してくるということは考えづらいです」

「たしかにその通りですね。では、外交での対話が難しい北朝鮮などの国が脅威だと？」

「それもありますが、日本がこれから最も恐れなければならないのはテロです。テロリストは民衆に紛（まぎ）れ、その攻撃を予測することはほぼ不可能です。そして成功率は極めて高い。特に日本が抱える原発は格好のターゲットと言えます」

「しかし、それなりの警備もありますよね？」

山辺は首を横に振った。

「他国では、軍や軍に準ずる装備を持った組織が警備していますが、それに比べると、日本の原発警備はかなり劣っていると言わざるをえません。それと、もしテロが発生した場合、対応するのは基本的に警察です。それなりの装備を備えてはいますが、マシンガンやロケット砲、爆弾などで武装するテロリストには対抗できません」

「自衛隊は動かないのですか？」

「治安出動という命令が下れば出動はできるのですが、武器使用は警察と同程度に制限されます。武力行使が認められる防衛出動も、相手が国家であるとか、化学兵器や核兵器を所持しているような場合に限られています。局所的なテロには発令されないでしょう」

少し熱が入ってしまい、山辺は周りの客を気にして一呼吸置いた。

「私が逮捕した自衛官は、そんな現状に危機感を覚えていたのです。なにかが起こってからでは遅い。そう考えた彼は計画を立てました。まず、かつてのレンジャー部隊員や志を同じくする者たちをフランスの外人部隊に送り込み始めるというものです」

「傭兵（ようへい）、ですか？」

「はい、テロに対抗できうるスキルをつけさせておくと同時に、独自の情報網を構築。有事の際は自らも加わり、テロの本拠地を殲滅（せんめつ）する。法律に縛られて動けない警察や自衛隊ではできないことをやろうとしていたんです。その計画のため、日本の防衛情報を持ち出しました」

「なるほど……」

辻川は頷いていたが、どこか現実感がなさそうだった。それは理解できることだった。

その自衛官を逮捕したとき、あまりに現実離れした思考に、他の警務隊員は『自衛隊に泥を塗った』『頭がおかしい』『映画の見過ぎだ』と口々に言い、呆（あき）れて笑い出す奴もいたほどだった。

しかし、逮捕後、身柄を裁判所に送る際に、彼は燃えるような目の中に失望の色を湛（たた）えながら言ったのだ。

『お前に日本が守れるか』と。

「私から見たら、なんて馬鹿げたことをやらかしたのだ、と思いましたが、いまの〝良心〟のお話を聞くと、なにが正解なのか正直わからなくなります。法律を犯しても、そのひとにとっては……正しいことだった」

「ええ。人間というのは本当に曖昧な生物です。コンピューターが人間の思考に近づけないのは、その曖昧さゆえと言われるくらいです。曖昧さなんて、プログラムしようがない。当の人間がそれを理解していないのですから」

「なんとも哲学的ですね。博士は理系だと思っていましたが」

辻川は愉快そうに笑った。

「ええ。ですが、人工知能を研究してますとね、結局はそれが人とはなにかを知ろうとすることに他ならないと思うのです」

ボトルにまだワインが残っているのに気づいて、辻川は二つのグラスにつぎ分けた。それぞれ三分の一ずつの量だった。

山辺は杯を軽く掲げ、口をつけた。

「人工知能が良心を持つとなにができるようになるんでしょうか」

「自分が持つ能力を生かして社会のためになろうとするでしょうね」

「鉄腕アトムみたいなことができるんですか」

ワインを口に含んだまま、辻川は楽しそうに頷いた。

「まぁ、空を飛ぶロボットとなると、工学的にはまだまだ先のことになるでしょうが、頭脳に当たる部分はあと少しかもしれません。プログラムではなく良心を持ったＡＩです」

「でも良心に定義がないんですよね？　育った環境や体験によって良心の意味が人それぞれなら、先ほど話した自衛官のように、時に危険になるのでは？」

「その通りです。しかし、プログラムを施すにしろ、それは人間です。もしその人間が悪意を持っていたとしたら、アトム君は自分を疑うことなく脅威になってしまいます。いま存在する法律にしろ、理不尽に感じる部分は残されています。遺産相続、犯罪被害者の保護。人によって、見方によって、人間は完璧な社会に生きていないことを実感させられるのです。そんな環境で完璧に模範的なプログラムを作ることなどできない。きっと、苦しむ息子さんを後部座席に乗せたまま、青信号を待ち続けることしかできないんです。もし信号無視をするとしたら、熱が何度以上になったら？　そんなプログラムは書けないし、意味もない」

　辻川はバツの悪そうな顔をした。

「酔っ払った科学者ほどタチの悪いものはいませんね」

「いえいえ。興味深いお話です」

　ナプキンで口元を拭った辻川は、自分に言い聞かせるように言った。

「プログラムできないからこそ人工知能自身に学んでもらうしかないんです。人間もプログラムされて産まれてくるわけではありませんから」
「しかし、そんなことができるんですか」
「できますが、これまでの技術では難しいでしょうね。人間の脳に匹敵するコンピュータ
ーが必要です」
「コンピューターのほうが優れていると思いましたが」
「計算はね。しかし感情はどうやって生まれるのか。判断のすべてに理屈があり、〝なん
となく〟行動することができません。それに引き換え、人間は理屈に合わないことを日常
的にやってのけます」
「理屈に合わない……良心もそうなんですね？」
ラストオーダーを取りに来た店員に、辻川はチェックを頼んだ。
「そうそう。良心は英語でConscienceと訳されますが、厳密に言うと、日本語が持つ意
味合いではないんですよ」
「そうなんですか？」
「もちろん、良心という考え方が異なっているわけではありません。あえて言うなら、い
い良心と、悪い良心があるんです」
「良い行ないだけが良心じゃないんですね」
「はい。良い行ないというのは、その場での見方によりますからね。社会における規範意

識でも同様です。社会の根底を成すのは個人の良心の集合だと思っていますし、それぞれはどう形成されるのか、大いに興味があります」

辻川は伝票を持ってきたスタッフにクレジットカードを挟み込んで手渡した。

「良心が環境に左右されなかったら、みんないい人で戦争も起こらないかもしれませんね」

「性善説であればそうですが、逆もありえますよ。日本もかつて同じ状況になったことがあります。戦争こそが正しい、と。いずれにしろ、良心は善悪の多数決で決まるものであってはなりません。それを学ぶことで構築される心もあるはずです」

山辺は店内を見渡した。いつのまにか、最後の客になっていた。

「人間の脳も電気信号で処理をしています。このワインの味も、肌寒い感覚も、そして記憶もね。だから学ばせることはできると思っています。人生と同じく、長い長い旅をさせることでね。しかしそのためには今までの技術ではまかなえないんです。脳は宇宙みたいなものですから。人工知能がプログラムではなく自ら学び、そしてどう行動するのかを決める。その鍵は良心なんです」

少し喋（しゃべ）りすぎたようだと、辻川は苦笑いをしながら伝票にサインをし、立ち上がった。

「ちょっと酔ってしまったようです。すいません、こんな話をして」

「いえ。久しぶりに学生に戻った気がして楽しかったです」

辻川は笑みで応えた。

「では戻りますか。眠れなくても、横になっておいたほうがいい。酔い覚ましをしながら歩きますかね」

昼間の陽気と打って変わって夜は冷え込んでいた。人通りは少なかったが、どこかのバーから楽しげな声が聞こえてくる。超高級スポーツカーが居並ぶ通りを横切り、ホテルまでの散歩は二分もかからなかった。

部屋に戻ると、腰高いベッドに横になった。酒の力もあってすぐに眠りにつけたものの、やはり夜中に目が覚めた。自分ではぐっすり寝たつもりなのに三時間しか経っておらず、そこから眠れる気がしない。

ぼんやりと天井を見上げていたその時だった。ふわりと明かりが揺れた気がした。室内の照明は消してあるが、ドアの下から僅（わず）かに漏（も）れていた光が天井をぼんやりと照らしていたのだ。

誰かが部屋の前を通り過ぎただけだろう。

そう思って目を閉じたが、すぐに起き上がった。はっきりと気配を感じたからだ。

ドアの向こうに誰かがいる。

山辺は音を立てないようにドアに近づくと、ゆっくりとドアスコープを覗（のぞ）いた。

そこには歪んだ廊下が映っているだけで誰もいなかった。

気のせいか、と思っていると、唐突に男が顔を出した。東洋系で年齢は三十代後半。坊主頭でなにをするでもなく、ドアを透視するようにこちらを見ている。そしておもむろにドアに耳をつけてきた。山辺は息を止めた。

男はすっと体を離すと、こちらを凝視した。見えないはずなのに、山辺の存在に気づいたかのようだ。

出て行くべきだろうか。自分の部屋を忘れてしまった観光客が思案しているように見えなくもない。

しかし、その考えはすぐに否定した。体つき、そしてなにより眼光がただ者ではないように感じたからだ。

男が懐に手を入れた。背中に変な汗が流れた。まさか、銃か。

山辺は身構えたが、出てきたのは携帯電話だった。

二つ折りのもので、内容を確認すると左右を見渡し、ドアの前から消えた。

深くため息をつき、山辺はゆっくりとドアを開けて廊下を覗いた。

男の姿はなかった。男が向かった方向は行き止まりになっているので、どこかの部屋に入ったことになる。

これ以上寝られる気がしなかったので、山辺はトレーニングウェアに着替えると、まだ暗い街に走り出た。

自衛隊を退官してから運動不足になっていたが、ランニングが趣味の辻川に合わせて走るようになっていた。

一度習慣づいてしまうと、走らないでいるとどこか身体がむず痒く感じるし、警護するという意味では、町の雰囲気を肌で感じておくのは重要だ。

人通りは皆無で、車の通行すら少なかった。高い建物がないからか、空がやたらと広く見えたが、サンタナロウから一キロも走らないうちに、その建物すらなくなり、片側四車線の道がまっすぐ東に向かって延びるだけだった。

三キロほど走ると、陸橋の下に小さな渓谷を見つけた。『Los Gatos Creek』と標識があった。

山辺はその遊歩道に沿って南に足を向けた。頭上を木々で覆われ、街灯もない細い道だった。住宅街の真ん中にこんな渓谷があるのが不思議で、同じような環境でいうと東京の等々力渓谷を連想したが、延々と続く渓谷はアメリカならではとも言えた。

一キロほど走って次の大きな道を右折し、来た道の南側を走りながら大きな四角形を描くようにホテルに戻る。

空はやや明るくなっていて、低い雲が蓋をしているのがわかった。太平洋からの湿った空気が山を越えて流れ込んでくる際に薄雲となって流れ込んでくるのだ。これから日が昇れば、気温の上昇とともに消えて青空が広がるのだろう。

ホテルの前でストレッチをしながら息を整えていて、ふと感じるものがあった。

人工知能の話ではないが、違和感というのは人間だけが持てる能力なのかもしれない。

はっきりとはわからないが、長い経験に裏打ちされた異常を感知する能力。

ホテル前に止まる一台の車。フォード・マスタング。2ドアのスポーツカーだ。オレンジ色の外灯で色は沈んでいるが、おそらくブルーだろう。

この車自体は珍しいものではない。実際、こちらに来てからもよく見るし、路上駐車している車は他にもある。

ただ、ランニングに出る前と後で、駐車位置が車体半分ほどずれていた。何気なく周囲を記憶する能力は自衛隊で鍛えられたものだが、これに意味があるのかどうかはわからない。

しかし山辺には、警務官時代に経験があった。

車の中から誰かを監視する際、位置を微調整することがある。監視対象者を捉えやすい場所を確保するためで、警備をする時にもあり、不審な者がいないかどうかを警戒する。

つまり、誰かを見張っているのか。

先ほどの男が思い浮かんだ。

坊主頭の男。辻川を狙っているのか……？

マスタングの横を通り過ぎながら、何気なく車の中を覗き込んでみたが、人は乗っていなかった。

ホテルに入ると、フロントデスクから品のよさそうなホテルマンが顔を上げ、微笑(ほほえ)んできた。軽く会釈(えしゃく)をしながら無人のロビーを通り抜け、エレベーターに乗ったが、マスタングのことがなぜか気になった。

考え過ぎかもしれない。そう思いながらシャワーを浴び、ひと息つく。ミネラルウォーターを飲みながら通りを見下ろしてみると、さっきのマスタングの姿は見えなくなっていた。

辻川が参加する会議が行なわれるのはサニーベールという街だった。スマートフォンの地図アプリで確認すると、車で十五分ほどの距離のようだ。山辺は約束の時間までには車をホテルの前まで回し、高井戸のマンションと同じように車の横に立って待った。

時間通りに現われた辻川を後部座席に乗せ、サニーベールへ走り出す。

事前に地図でリサーチしていたが、シリコンバレーと呼ばれるエリアであり、やはりIT関連の会社が多いようだ。日本でも見たことのある会社のロゴをあちらこちらで目にすることができる。

「最先端の街と聞いていましたが、想像したのと違って、どこか、のどかですね」

ハンドルを握りながら山辺は聞いた。

「そうですね。ほとんどがオフィスで、工場のようなものがないのと、やはり土地が広いからなんでしょう。道は広く、高い建物がないので開放的ですよね。そして緑が多い」

辻川は窓の外に目をやった。

日本では街路樹といえばイチョウやケヤキ、サクラなどを思い浮かべるが、ここでは三十メートルほどの高さがあるカリフォルニア杉で、いかにも分厚そうな赤い樹皮を持ち、空に向かってまっすぐに伸びていた。この杉よりも高い建物は見当たらない。

駐車場に車を乗り入れ、会議が行なわれる建物に入る。ロビーの先に屈強(くっきょう)な男二人に守られたドアがあった。

「すいませんが、ここから先は研究者だけなのです」

「かしこまりました」

「おそらく夕方まではカンヅメになりますので、その間はご自由にされていて構いません。どこかのバーで一杯飲まれるのもいいかもしれませんよ」

「どこかおもしろそうな場所を探してみます」

そう言って頭を下げると、いつもの笑みを残して辻川はドアの向こうに消えた。

とはいうものの、他に行く当てがあるわけでもなく、この間も給料が発生しているとなるとやはり気が引ける。結局、ロビーにあったコーヒーマシンでカプチーノを淹れ、スナックの自動販売機でチョコレートバーを買って車に戻った。

警務隊では刑事のように張り込みをすることもあったし、訓練では森の中で身じろぎもせずに待機することもある。それに比べれば快適なものだった。

ただ、油断すると睡魔が襲ってくる。まだ時差ボケが残っているようだ。

何度かウトウトすることもあった。そのたびに外に出て、少し歩いて澄んだ空気を吸う。

会議がはじまってからは、昼前にケータリングサービスの車が来たくらいで人の出入りはほとんどなかった。喫煙者は駐車場の奥にある喫煙所でタバコをふかすために外に出てくるが、辻川は違う。この様子だと、本当にカンヅメになっているようだった。

それに対して駐車場は出入りが多かった。自分で運転をして来る参加者が多いようだが、なかには同じように待機する運転手もいて、彼らはほとんどじっとしていない。電話で誰かと連絡を取ると、どこかに出て行き、また戻ってくる。

運転手同士で話をしていた数人が、横に止まっていた大きめのバンに乗り込み出て行った。おそらく近くのバーにでも行くのだろう。

視界が開けると、一台の車に目が留まった。

駐車スペースは建物を取り囲むようにコの字になっているが、山辺から見て二時の方向に止まっていたのは青のマスタング。今朝方見たのと同じモデルだ。ボンネットをこちらに向けて止まっている。フロントガラスがカリフォルニアの青空を反射させているので中は窺えないが、人影はあるようだ。

2ドアのスポーツカーであるということは誰かの送迎とは考えづらい。もちろん、参加者を助手席に座らせて送ってきたのかもしれないし、会議とは関係なく建物を管理している人物なのかもしれない。

そのマスタングのエンジンがかかった。ゆっくりと前進し、山辺の前を通りすぎる。ハッとした。サングラスをかけてはいたが、運転席の人物は夜中にドアの前に立っていた男だったからだ。

やはり、ただ者ではない雰囲気を感じた。鍛えられた体、視線の配り方もどこか一般人とは違う。しっかりと訓練されているように思えた。

こちらを一瞥したが、山辺の存在に気を留めることなく、そのまま駐車場を後にした。ライセンスプレートはカリフォルニア州のものだったが、山辺が乗っているマツダ6と同様に、フロントウインドウにレンタカー会社のバーコード付きのステッカーが貼ってあったので、地元の人間ではないのかもしれない。

この会議の出席者がアクセスのいい同じホテルに泊まっていて、昨夜は辻川を訪ねてきたものの、夜中なのでノックをせずに部屋に戻った。それだけなのかもしれない。

　そう考えてみたが、やはりなにかが喉につかえる思いだった。

　辻川が会議を終えたのは夜の七時を過ぎた頃だった。

「お疲れのようですね？」

　山辺が声をかけると、辻川は目頭をつまみながら頷いた。

「ええ、とても有意義ですが、やはり歳には勝てません。立ち止まっている場合ではないのですが」

　どうやら切羽詰まったプロジェクトに関わっているようだ。

「しかし、明日が本番です。世界中から研究者が集結し、そこである提案をすることになっています。今後の世界を変えてしまうかもしれないほどの……いや、すいません。どうもしゃべり過ぎる。妙なテンションになってしまって」

　年甲斐もない、と照れる辻川に、山辺は、なるべく落ち着いた声を意識した。

「まだ時差ボケも残っているでしょうし、ご無理はされないでください。夕食はどうされますか？」

「そうですね……今日はルームサービスで済ませようと思います。ですので、山辺さんもゆっくりお休みください」

「かしこまりました。それでは、私はこのあとスーパーにでも行こうかと思っていますが、なにか必要なものはありますか」

「いえ、ありません……あ、そうだ。オレンジがあったらお願いできますか。できれば手で剝ける物がいいです。もしマーコットという小ぶりのものがあれば、それをお願いします」

ホテルの駐車場に車を止め、一緒に降りると辻川が言った。

「ここまでで構いませんよ」

「いえいえ。お部屋までお送りします。それが仕事ですので」

「頼もしい限りです」

歩きながら明日は朝七時にロビーで待ち合わせることを確認し、辻川が部屋に入ったのを見届けてから山辺は駐車場に戻った。

車を発進させるが、すぐに駐車場の出口でブレーキを踏んだ。マスタングが止まっているのが目に入ったからだ。

よく見かけるのは持ち主が同じ会議に出ているからだ、と言い聞かせてはみるものの、あのアジア系の男の顔、というか雰囲気が頭から離れなかった。

なぜここまで気になるのか。わけが分からないために腹が立ってくる。

ここまで気になるなら、明日、直接話してみよう。良い車に乗っているね、くらいは話せる。そして自己紹介でもすれば気が晴れるだろう。

後ろからクラクションが鳴り、山辺は慌てて発進させハザードランプを点滅させた。しかしアメリカでは日本のようにハザードランプで合図を送る習慣がないことに後で気づいた。あのドライバーはきっと首をかしげたことだろう。

山辺は五分ほど車を走らせたところにあるスーパーマーケットに行った。車を降りると、その一角に人だかりがあるのを見つける。覗いてみるとコリアンバーベキューの手羽先専門店のようだった。

匂いにさそわれ、山辺はカタコトの英語を駆使(くし)し、持ち帰り用をオーダーした。十五分ほどかかるというので、その間に買い物を済ませることにした。

オレンジが山になったワゴンを見つけ、品定めをする。そのなかにマーコットを見つけた。ネット入りをふたつ摑(つか)むと、安いビールと共にかごに入れた。

手羽先を受け取ると食欲をそそる匂いに我慢できず、車の中でひとつ食べてみた。ガーリックソースが確かに旨(うま)い。止まらなくて、もうひとつ口に入れる。

残りはビールと一緒に食うか。

良い匂いを車内に充満させながらホテルに向かって走りはじめた。

明日、辻川に車が臭いとか言われないだろうかと気になって、窓を開放する。冷たくも気持ちのいい空気が頰(ほお)をかすめていった。

大通りからホテルに入る道を曲がろうとしたときだった。突然現われた警官に止められた。その先はパトカーが並んでいて、青と赤のライトが激しく反射している。繁華街であることもあって、周囲は大変な混雑になっていた。

この先のホテルの宿泊者であることを伝え、通してもらう。

アメリカは犯罪が多い国ではあるが、シリコンバレー周辺は比較的安全だと聞いていた。しかし、事件はどこにいても起こるものだ。

車を進めると、パトカーが集中していたのはホテル前。どうやら、ホテルでなにか起こったようだった。

多くの警察官で溢れるロビーを抜けて部屋に向かおうとすると、警官と話をしていたフロントの人間が山辺を指さした。気のせいかと思いながらエレベーターを待っていると、若いヒスパニック系の警官が声をかけてきた。おそらく二十代だろう。人懐っこい笑みを浮かべている。

身長はさほど高いわけではなく、全体的に丸っこい体型をしている。腰のベルトには無線機や手錠、そして拳銃と予備の弾倉がふたつ、少し出っ張った腹に重そうにぶら下がっていた。

差し出された手を握り返す。

名前は聞き取れた。カルロスと言っている。

身分証明書の提示を求められたのでパスポートを手渡すと、名前を確認し、渋い顔に変化させた。そして、ロビーのソファーに座らされた。

「なにがあったんですか？」

カタコトの英語で伝えると、山辺の英語レベルを察してくれたのか、シンプルな単語で返してきた。

「ツジカワさんが、あなたの部屋で、撃たれて、亡くなりました」

何度も確認した。特に最後の部分を。

ヒー・ダイズ。

辻川が、死んだ？

なにかの間違いだ。自分の英語力のせいだ。そう思った。

カルロスは立ち上がると、エレベーターを手で示した。そのまま辻川の部屋に連れられていった。こんな状況でも頭の中では自然と現場を観察してしまう。

部屋は荒らされていない。開けられたクローゼットにはジャケットがかけてあったが、スラックスはなかったので着替えたわけではないようだ。机の横に置いてある鞄にも開けた形跡がない。くつろぐ間もなく襲われたのか……。

ドアの鍵は――振り返ってみるが壊された形跡もない。

周りにいた警察関係者たちの動きで判断すると、椅子に座っていたところを撃たれたようだった。ただ、その椅子は机に向いておらず、ベッドの横まで引き出されていた。

か。

強盗などではない、と直感した。

鍵が無理やり壊された形跡がないということは、辻川に開けさせたか、ルームキーを持っている者になる。ルームサービスを頼むと言っていたので、そのフリをしたのだろうか。

しかし椅子に座らされたのはなぜだ。なにかを聞き出そうとしたのか？

どこか現実感がなかった山辺だったが、血だまりを見て吐き気がした。

本当に、辻川は殺されたのか？　ひょっとしたら、英語の聞き間違いで、辻川は病院なのではないか。

カルロスに、辻川は？　と聞くと、部屋の隅を目で示した。そしてストレッチャーに乗せられている寝袋のようなもの……の前に立たされた。カルロスは中央のジッパーを三十センチほど下げ、左右に広げた。

間違いなく辻川だった。薄目を開けている顔は綺麗で、額に穴が開いていなければ寝ているようにも思えただろう。

手で、もういい、と合図すると、山辺はバスルームに飛び込み、洗面台にしがみついた。吐き気が襲ってくるが、なにも出てこない。顔に冷水をかけ、息を整える。ひょっとして全てが嘘だったのではないかと期待して振り返ったが、やはり現実は変わっていなかった。ついに、山辺は尻餅をついてしまった。

た。

「ダイジョウブか？」

カルロスが心配そうに声をかけてくる。もちろん大丈夫なんかではないが、山辺は頷いた。

「犯人は？」

「まだ、つかまって、いない」

それから、なにかを調べたいので警察署まで一緒に来てほしいと言った。

了承し、一緒に歩きながら思った。

これまで警務隊で捜査活動に関わってきた山辺からすれば、自分の置かれた状況というのが分かってくる。自分は容疑者なのだ、と。

ホテルの防犯カメラには、辻川と一緒に帰ってきて、すぐに一人で出て行く山辺の姿が映っているだろう。それに、辻川が殺されたのは、もともと山辺の部屋なのだ。

カルロスに案内され、フォード・エクスプローラーをベースにしたパトカーである「ポリス・インターセプター（ＰＩ）」の後部座席に乗せられる。前席とは金網で仕切られていて、内側にドアノブはない。この時点で拘束されたようなものだった。

ただ、辻川が死んだという事実の前には、自分が疑われるということは大したことには思えなかった。

駐車場を出るときに見渡してみたが、青いマスタングはなかった。

もしあの男が犯人だったとしたら……。顔を見ていただけに悔やみきれない。辻川が窮地に陥っている時に自分はのんびりと食事をしていたのだ。

山辺は後部座席で何度も自分の腿を殴りつけた。後悔だけが繰り返し襲ってきて、窓ガラスに映る自分に憎悪を抱いた。

走り始めて十分ほどした時だった。警察無線が激しく鳴りはじめた。興奮した声で、

『オフィサーダウン！』と叫んでいたのは聞き取れた。

警官が撃たれた？

その叫び声の背後には銃声のような音も聞こえている。

分かる単語を拾って紡いでいく。何となく、事態が理解できてきた。

山辺は身を乗り出し、運転席を隔てる金網にしがみつくと、無線機を指さしながらカルロスに話しかけた。

「犯人を、追跡、しているのか？」

カルロスは頷いたものの、返事はせず、ダッシュボードのコンピューターに表示される情報に釘付けになっている。

辻川を殺した犯人がいるなら追いたい。

俺たちも行こう、とジェスチャーしてみせた。しかしカルロスは渋い顔をした。

「あなた、危険。オフィスに送り届ける、私の任務」

しかし無線からはオフィサーダウンの声がまだ続いている。他の警官が撃たれたのかどうかはわからないが、事態は間違いなく切迫している。

さらに気になるのは、叫び声を覆い隠すかのように聞こえる銃声らしき音が、拳銃のように単発ではなく、マシンガンのように連続的なことだ。

まるで、戦場のようじゃないか。

山辺は訴えた。

「行こう！　行こう！」

カルロスも倒れた仲間が気になるのか、決意したような表情で頷いた。サイレンを鳴らしてアクセルを踏み込むと、Uターンをしてハイウェイに飛びこんだ。

向かうべき場所は、警察のヘリコプターが照らす一筋のライトでわかった。直線で三キロと見積もった。ハイウェイはやや迂回するように延びている。

ところどころ車の流れが悪いところがあったが、ハイウェイの一番中央側は〝カープール〟といい、二名以上乗車している車のみが走行できる車線となっているため比較的空いている。カルロスはPIをそこに飛び込ませ、さらにアクセルを踏み込む。見た目の柔和さとは違い、かなりアグレッシブなドライビングだった。

ひとつめのインターセクションで南に進路を変えると、次のランプで一般道に下りる。

このあたりは庭のようなものなのか、街灯もないような住宅街を抜けていった。

ヘリの音が聞こえてくるほど近づいてきた。見上げると、警察ヘリ以外にも数機飛んでいる。サーチライトを装備していないところを見るとテレビ局のようだ。

ドンっと突き上げる衝撃があり、山辺は額を金網にぶつけた。PIが縁石を乗り越え、ホームセンターの広い駐車場を斜めにショートカットしたのだ。

すると、前方に、短い閃光が闇をストロボのように照らしているのが見えた。カルロスは三〇メートルほどの距離を残して急ブレーキを踏んだ。

黒色のセダンが駐車場の隅に置かれていた巨大なゴミ捨てコンテナに突っ込んでいる。その周りを囲むように停められた三台のパトカーを盾に隠れる警官たちが見えた。目視できる警官は五名、それに対して犯人は二人だけだ。

一見すると、犯人が逃げる途中で立ち往生し、警官隊に追い詰められているようだが、様子が違った。

犯人が放つ銃弾、その閃光は拳銃の類ではなかった。警官がパトカーの陰から顔を出そうとすると容赦無く発射されるその銃口には、噴射する高熱のガスが巨大な百合の花のようなマズルフラッシュを放っていた。

MG4？

ドイツ陸軍に採用されている軽機関銃だ。射程距離は一〇〇〇メートルに及ぶほどの能力を持ち、またベルト給弾なので弾切れすることなく撃ち続けられる。

その凄まじい破裂音が空気をつんざき、警官が盾にしているパトカーは穴だらけで今にも朽ち果てそうになっていた。

そこに次々とパトカーが到着した。いくら強力な武器を持っていても取り囲まれれば形勢は逆転する。

仲間の到着でカルロスも余裕を感じたようだった。犯人たちは扇状に取り囲まれ、徐々に劣勢になっている。いまはもう車体の陰に隠れる時間のほうが長くなった。

カルロスは拳銃をホルスターから引き抜きながらドアを開けた。銃声がより大きく耳に飛び込んでくる。

「ステイ・ヒア」

ここにいろ、と言われてもどうせ出られない。山辺は体を左右に振って車内から状況を窺った。

勝機が目の前にあった。辻川を殺害した犯人らを生きて確保できればその理由を聞き出せる。と、その時だった。

警官隊の後方から、中型のバンがのんびりと現われた。アルミボディーに派手なペイントが施されていて、『タコス・サンティアーニ』と文字が見える。

「タコトラック……？」

カルロスが声をあげ、両手を開いた。こんなところに来るとはなにを考えているのだ、と言いたげだ。

タコトラックとはガソリンスタンドやショッピングモールの駐車場に現われる〝タコス〟を調理販売する車両のことで、特にこのあたりはメキシコ系住民が多いことからあちらこちらで見かけることができる。

警官隊の真横で止まったタコトラックのサイドパネルが屋根のように開く。本来ならそこに調理台やらメニューが並んでいるはずだったが、代わりに突き出されたのが銃口だということは、一斉にフラッシュが瞬き、警官たちが次々に倒れていったことではじめてわかった。その数は五つ。

クロスファイア！

まずいぞっ！　逃げろっ！　逃げろっ！

山辺はカルロスに叫んだ。日本語だったが構わなかった。

クロスファイア——十字砲火は古典的だが極めて効果が高い。一方向から撃つよりも命中率は飛躍的に向上し、回避することが極めて困難な戦術である。

警官たちが正面の犯人に集中していて背後から迫る敵に気づくのが遅れたこと、側面からの攻撃で身を守るものがなかったことで被害が拡大していく。

次々と倒れる仲間を見てじっとしていられなくなったのか、カルロスは、また「ステイ・ヒア！」と厳しい声で言って、走り出した。

山辺は訓練の経験からまずい展開だと感じた。待て！　と叫んだものの、カルロスには伝わらなかった。

警官隊は体勢を変えようにも身動きが取れず、反撃もままならないまま追い詰められていく。さらに周囲を照らしていた白光がふっと消えた。ヘリに対しても攻撃がなされ、大きく旋回したようだ。警察ヘリによる攻撃は許されていないため回避するしかないのだ。サーチライトによる援護がなくなり、警官隊はますます不利な状況に追い込まれていった。

仲間の元に滑り込んだカルロスが、穴だらけのパトカーのトランクからライフルを引っ張り出すのが見えた。しかし、それを撃つことなく倒れた。

その瞬間、山辺の背中を熱いマグマのようなものが駆け上がった。その炎は脳に達し、気づけば雄叫(おたけ)びを上げていた。

ここから出せ！　と何度も窓を叩くが誰もいない。

冷静になれ、考えろ……なにか使えるものはないか。

車内を見渡すが、後部座席には何もない。

ふと自分の腕時計に目を留めた。山辺はそれを外すと輪になったバンドの部分に手を通し、拳に巻きつけるようにして握ると、文字盤を窓に叩きつけた。真ん中ではなく窓枠の隅を狙う。撓まない分、力を加えやすいからだ。

窓ガラスの強度よりも文字盤のサファイヤガラスのそれが優った。

細かい亀裂が入った窓ガラスを肘で砕き、突き出した手をドアノブに回してドアを開けた。

そして遮蔽物がない場所で倒れているカルロスを目指して、脱兎のごとく駆けた。

山辺に対しても弾丸が飛んでくる。それをジグザグに進むことで回避しながら接近すると、カルロスの襟首を掴んで車の陰に引きずり込んだ。何発もの銃弾が身体をかすめたが、煮えたぎった脳が恐怖心を感じさせなかった。

カルロスは太腿と脇腹を撃たれたようだが、意識はあった。

またすぐ近くで火花が散り、首をすくめさせる。

山辺はカルロスが持っていたAR15ライフルを手に取ると残弾数を確認した。十五発。

それから車体の下に潜り込んで突破口を探った。

見ると、いつのまにかタコトラックが正面に回り込んでいた。

なぜだ?　十字砲火を浴びせたほうが効果は高いのに……。

それでも正面に砲火が集まって、びっちりと埋まった布陣だった。冷静に見ると決して無駄に連射していないことがわかる。互いにカバーし合い、残弾、交換のタイミングを計って効率よく発砲している。よく訓練されたプロ集団だと思った。

山辺は、一番右の男に狙いを定めた。

すぐ近くで飛び散る火花にひるむこともなく、山辺は息を整える。

男は時々、体が三分の一ほど車からはみ出ることがあった。その一瞬を見逃さず、引き金を立て続けに二回引いた。発射の瞬間は目を閉じる。閃光から視力を守るためだ。

再び目を開けると、うずくまる男が見えた。左上腕部に命中していた。

ふっと敵の連携が崩れる。そこを逃さず、左から右へ三発打つと、位置を特定される前に素早く車の反対側に回りこんで、さらに三発。被弾した仲間に冷静さを失ったのか、不用意に乱射した隣の男の太腿あたりに命中した。

突破口が開けるかと思ったが、敵は空いた穴をすぐに塞いでくる。優秀なリーダーがいるのか統率が取れていた。

と、タコトラックの背後に一人の男の姿を捉えた。無線機のようなものを耳に当てている。

奴がリーダーか？　指示を与え、統率しているように見えた。

黒の目出し帽を被るその姿は、テロリストのようでも特殊部隊員のようでもあったが、そこから覗く一対の目は、そのどちらでもなかった。山辺とは三十メートルほどの隔りがあるにもかかわらず、どこか見覚えのあるギラついた輝きは、はっきりと捉えることができていて、それはデジャヴのような感覚をもたらしていた。

ひょっとしたら、この先、自分に大きく関わってきそうな、そんな予感めいたものかもしれない。

おそらく、角度的にいま山辺がいる場所からしかその姿は見えず、向こうも気づいていない。

山辺はその男に照準を合わせた。統率のとれたチームほどリーダーを失うと瓦解しやすい。

しかし、いざ引き金に指をかけたものの、引けなかった。

自衛隊は専守防衛だ。あの男が武器を持ち、こちらに銃口を向けて発砲してくるとか、こちらの生命が危ぶまれることが一〇〇パーセント確実になっている状況でなければ――。

そのときだった。

目が合った気がした。そして……笑ったようにも。

しかし、まばたきする間に姿を消していて、同時に反撃も激しくなった。

くそっ、ばれたか。

山辺はたまらずに応射し、弾切れしたところで車の下から這い出ると、後部バンパーに背を当てた。

弾っ！　弾っ！　と周囲に叫ぶが、突然現われた日本人が叫ぶその意味がわかるまでに十秒、AR15に使用する5・56ミリ弾を持っていると思われる警官が、敵の弾幕の向こう側にいることを確認するまでにさらに時間がかかった。

跳弾(ちょうだん)に首をすくめていると足元を引っ張られた。カルロスが自分の拳銃を差し出している。

山辺は頷いてそれを受け取ると、状況を確認した。そして違和感を覚えた。

こいつらは、この落とし前をどうつけるつもりなのだろうか。

仲間が逃走に失敗し、それを助けに来た。かなりの火力は持つが、警官隊はここに大挙して押し寄せようとしており、全滅させることはできないだろう。それがわかっていてなぜ助けにきた?

それとこの場所だ。犯人が乗っていた車は乗り上げてはいるものの、運転ミスでそうなる可能性は少ないように思えた。

あえてこの場所を選んだのなら理由があるはずだ。背後には金網があり、その奥は漆黒(しっこく)の闇(やみ)でなにがあるのかわからない。

ただ、見覚えがある気がしていた。

今朝、ランニングしていた——頭の中に地図を描く——そうだ、ロスガトス・クリーク。小さな渓谷が街を縦断している。ここは今朝走ったところの南側に当たる……。

そこに再び戻ってきたヘリが背後から閃光を浴びせた。犯人グループが一瞬ひるむ。

警官の放った銃弾が犯人の一人に命中した。ボンネットの上に突っ伏し、そのまま地面に転がり落ちる。山辺がはじめに撃った男だった。

警官隊の、勝ち鬨(どき)を思わせる叫び声。この機会を逃すな、とばかりに反撃に転じた。

その時だった。眩(まばゆ)い閃光(せんこう)が空へ駆け上がった。

山辺は咄嗟(とっさ)に叫んでいた。あー！　でも、うぉーっ！　でもない。ただ恐ろしいことが起こることを目の当(ま)たりにして、動揺していた。それを避けられるのなら、今後声が出せなくなっても構わないと思うくらいだった。

上空に巨大な火球が発生し、周囲をオレンジに照らした。

スティンガーミサイル——携帯型の対空兵器にテールローターを吹き飛ばされた警察ヘリは、錐揉(きりも)み状態で隣接する野球場に墜落していった。そして爆発。熱と空気の震えを感じるほどだった。

戦争か……？

ここにいる誰もがそう思ったにちがいない。

上空を舞っていた警察、民間を含めたすべてのヘリコプターは一斉に四散した。スティンガーミサイルの射程距離は五キロ前後あるとされているからだ。

その中、一機だけ接近してくるヘリコプターが見えた。

まずいぞ、と感じたのは、そのヘリが撃ち落とされると思ったからではない。別の可能性が浮かんだからだ。

果たしてそれは現実のものとなる。

飛来した漆黒のヘリから身を乗り出した兵士が二人、銃弾を浴びせてきた。こうなると身を隠すところはひとつしかない。山辺はカルロスの襟首を掴むと、パトカーの下に引きずり込んだ。

ゲリラ豪雨が通り過ぎるのを待つかのように、銃弾の雨が止むのを待って、ひたすら耐えるしかなかった。

ヘリが着陸し、砂塵を舞いあげる。地面に這いつくばっている山辺らは目を開けることもできない。

ヘリが再び飛び立つまで三十秒もかからなかった。爆音と砂嵐がおさまると、銃声も止んでいた。

皆が、恐る恐る這い出てきて、そして呆気にとられた。

襲撃者が一人を残して消えていたからだ。

立ち上がった山辺だったが、激痛を感じて穴だらけのパトカーに寄りかかる。臀部に被弾していたようで、ジーンズを重く湿らせていたが、命に関わるものではないと判断した。

再び足を引きずりながら歩いていく。その先に、犯人がいた。

銃弾を浴び、見開いた目で空を見上げたまま息絶えていた。

現場には硝煙の匂いが立ち込め、無数に散らばった空薬莢や飛び散った車の破片が朝露を含んだ芝生のようにキラキラと光っていた。

山辺は自らの手を見つめた。

訓練では幾度も引き金を引いてきたが、人に向かって撃ったのは初めてだった。

怒りは、躊躇する気持ちを吹き飛ばし、人を人と思えなくする。

しばらく自分を見失っていたことを認識し、怖くなって体が震えた。

そして、辻川がいないことを思い出し、虚しくなった。

第二章

警察側の殉職者は五名、重軽傷者は二十名を超えた。

銃弾がかすめ、尻から太腿にかけて表面を抉られた山辺だったが、それでも他の者と比較すると軽傷者の部類に思える。

事件後、すぐに日本大使館から職員が駆けつけ、警察と共に事情聴取がはじまった。はじめの三日間を病院のベッドで、残りの一週間はホテルの部屋や警察署、時にはサンフランシスコの大使館に出向いて行なわれた。

ＦＢＩや、所属を明らかにしない政府の役人が話を聞きにきたこともあった。

しかし、それは追及されるようなものではなく、あくまでも状況把握のためであったのは、カルロスら警官隊の証言が理由だった。皆、山辺に感謝の意を示していた。

情報が集まるにつれ、犯人たちの逃走経路もわかってきた。

ロケット弾で警察ヘリを撃ち落とすことによって、上空を飛び交う他のヘリを一掃する。その後に襲来したヘリが警官隊に銃弾の雨を降らせる間に、大半はロスガトス・クリークに逃れたようだ。オフロードバイクやバギーのものと思われるタイヤ痕が残されていたので、あらかじめ用意していたものと思われる。そして、ヘリは残りの兵士や負傷者を乗せて飛び去ったのだ。辻川を襲った犯人は、死亡した男の他にもう一人いたようだった。またロビーで日本語を使っていたことから日本人の可能性があるが、指紋や歯の治療記録に該当者は無く、所持していたＩＤは偽造されたものだった。つまり性別や推定年齢以外はまったく不明だった。

また、アメリカではニュースや新聞で大々的に取り上げられていたが、日本ではそうでもないということだった。

いつものことだ、と山辺は思う。

今回のことに限らず、遠い国の話として捉えられているのだろう。相撲の内輪揉めのほうが、よほど注目を浴びるようだった。

山辺の帰国は自らが望んだものではなかった。辻川とともに帰りたい。そう願っていたが、大使館から帰国命令が出され、事件から十日後、山辺はサンノゼ空港にいた。

カルロスは松葉杖をつきながらサンノゼ空港まで見送ってくれた。彼の妻や両親、祖父母と、多くの人が一緒に来ていて、それぞれに感謝された。

皆は口々に『カルロスの命の恩人だ』といってハグをしてきたが、カルロス本人だけは違った。

別れ際に彼は『辻川さんを守れなくて申し訳ない』と言った。

それは山辺自身の言葉であったはずなのに、カルロスはこの街を守る警察官として悪の芽をあらかじめ摘んでおけなかったことを詫びた。

それが、遠回しに山辺の責任ではないと気遣ってくれているようで、山辺の目頭を熱くさせた。何も言えず、無言で固い握手をして感謝の意を表わし、サンノゼを後にした。


来るときよりも二時間ほど長いフライトを経て成田空港に着陸。税関を出たところで二人の男に声をかけられた。年配の方が恒川、少し若いほうが小林と名乗った。二人とも警視庁捜査一課の刑事だった。

恒川は灰色、小林は紺。どちらも安物のスーツに見えた。

寒いはずなのにコート類を着ていないのは、車で来ているからなのだろう。

恒川が白い無精髭をさすりながら、ちょこんと頭を下げた。安物のコロンの匂いが鼻を衝いた。

「辻川さんの件でさぞかしショックだとは思いますが、どうか聴取にご協力をお願いします」

悪人ばかりを相手にしてきたからなのか、すり切れたような声をしていた。

「もちろんです。このあとも特に予定はありません。どちらに伺えばよろしいですか？」

「いえいえ、長旅でお疲れでしょう。どうでしょう、本日はご自宅まで送らせていただき、その道中に簡単に話を伺えたらと思うのですが。池上ですよね？」

すでに調べられているのは当然だが、それでもある種の警戒感が生まれる。

自宅のある大田区池上は、車だと二時間ほどかかる。つまり、その間は邪魔されずに、合法的に監禁できるので、刑事たちにとっても都合がいいわけだ。

「はい、ではお願いします」

そう言うしかなかった。

小林がハンドルを握り、車を東関道に入れた。日本の冬特有の薄い色彩の景色だったが、それが無性に愛おしく感じられた。

助手席の恒川が振り返る。

「向こうではご活躍だったようですね。名前は伏せられているようですが、元自衛官が地元警察官を救うために応射したと。ヒーローのような扱いで、同じ日本人として誇りに思いますよ」

口調はちっともそう思っていないような感じがした。むしろ迷惑だというような。そして新聞を二紙手渡して来た。

ひとつは大手の全国紙、もうひとつはスポーツ紙だった。アメリカでの銃撃戦のことが載っていたが、扱いはむしろスポーツ紙のほうが大きかった。

カリフォルニア州で日本人科学者が殺害されたが、その犯人は逃走中に警察との間で銃撃戦を繰り広げ、その結果射殺された。

まるでアメリカではよくある話だというような書き方だった。

辻川の写真が載っていたが、直視できず、山辺は新聞をたたんで脇に寄せた。

「そんなことはありません。私は辻川さんを守れなかったんですから」

「確かにそうですなぁ」

そのとおりだ。責任はお前にあるのだ、と言っているように聞こえた。

「犯人のことは、なにか分かったんでしょうか」

恒川は前を向きなおって首を振る。

「向こうで起きたことは向こうの警察が調べていますんで、こっちは連絡を待つしかないんですわ。まぁ、いまは治療の記録やらＤＮＡ、そんなものを当たってます」

「パスポートとか、身分証のようなものは持っていなかったんですか？」

「ええ。アリゾナ州の運転免許証を持っていたようですが、偽造だそうです」

「でも不思議じゃないですか？　どうやってアメリカに入国したというんでしょう。入国前にＥＳＴＡ（米国電子渡航認証システム）の登録も必要でしょうし、必ずどこかに痕跡は残りそうですが」

「抜け道があるんでしょうかね。なにかご存知ないですか？」

「どうして私が」

「ほら、自衛隊の方って、裏技とかコネクションとかお持ちじゃないかと」

自衛隊をなんだと思っているのだ、と怒鳴ってやりたかった。しかし思う壺のような気もして、話題を変えてみた。

「どうして辻川さんは狙われたんでしょうか」

バックミラー越しに、それはお前が知っているんじゃないのか、という目で睨まれた。

「分かりません。辻川さんの人柄は良く、決して恨まれるような人ではなかったようですからねぇ。それに研究者としても一流だったと。日本の損失と言われるくらいのようですな」

恒川はため息をついてみせた。

「もしあなたが近くにいたらと思うと、よけいに残念ですね。あなたであれば、きっと暴漢も撃退できたでしょうに。たまたまあなたの留守を狙われたとは」

言葉に刺があった。まるで、わざと警護の隙をつくったかのような言い方だった。

「私が連中の仲間だと言いたいのですか？」

「えっ、そうなんですか⁉」

恒川は大げさに驚いて見せた。

山辺は腹の底でなにかが蠢くような感覚を得たが、ここもぐっと堪える。

その表情を見て満足したのか、今日はここまで、とばかりにそこからは事務的なやりとりだけが続いた。

その道中で得られたものはなく、ただ空しさだけが残った。

それでも駅前の商店街を通り抜けると、帰って来たのだという安心感に満たされる。反面、どこか違う風景にも思えた。

とてつもない時間が流れてしまったように感じるが、この街はなにひとつ変わっていない。

変わってしまったのは、自分なのだろう。

自宅アパートの前で降ろしてもらう。駅でよいと言ったのだが、ぜひ自宅まで、と送ってきたのだ。まるで自宅を確認するかのように。

「ではまたご連絡させていただきます。東京を離れることがあったら事前に電話をいただけると助かります」

まるで容疑者に対するようだな、と思いながらも頷いた。

「辻川さん殺害の犯人を必ず捕まえてください」

「ええ。必ず捕まえますよ」

二人の刑事は、意味ありげに頷いて帰っていった。

山辺の部屋はアパートの二階にある。

1Kで築年数も古いが、池上本門寺にほど近く、呑川に面した立地が気に入っていた。自衛官の時は官舎に入っていたし、マンションに移ったのも結婚した後だったから、ひとり暮らしはずいぶんと久しぶりだった。いい歳をした男が、ひとりでコンビニ弁当を提げて帰るのを寂しく感じることはあるが、不便には感じなかったし、町の人がみな気さくなのにも救われた。

部屋に入ると、脱ぎ捨てられたジャージ、ビールの空き缶がふたつと、つまみの缶詰が小さなテーブルに置かれたまま。出発の朝、慌てて出てきた時と変わらない状態だった。自衛隊では銃器などの手入れや部屋の整理整頓については厳しく言われていた。すべて税金で賄われているからということもあるが、乱雑な人間に、正確無比な行動と連携を求められる自衛隊員は務まらないと考えられていたからだ。

それが結婚してからというものの、いつのまにかその厳しさを妻に背負わせるようになっていた。その代わりに自分がだらしなくなってしまったことに気づいたのは離婚してからだ。

コンビニの袋にそれらを詰め、靴脱ぎに置いておく。

明日はゴミの日だったか？

アメリカでの出来事をきっかけに、世の中のルールがすべて変わってしまったかのようにも思えてくる。

それから湯船に湯を張った。膝を抱えるようにしなければ肩まで浸かれないほどの大きさだが、それがいまはどんな高級ホテルよりも落ち着きを与えた。

風呂上がりにバルコニー側のカーテンから外を覗いた。いつもと変わらない景色を見て安心したかったのだ。

しかし、呑川を挟んだ向こう岸にある自動販売機の陰に人影を認めた。

……刑事か。

さっきの二人とは違う男だった。

山辺はミネラルウォーターを口にしながら、ソファーに投げていたコートのポケットから携帯電話を取り出した。松井に電話をかけてみると、すぐにつながった。

松井とは事件直後から連絡を取っていて、なにが起こったのかは全て報告してあった。

『帰国したのか？』

全てが変わってしまったかのような感覚の中にあって、いつもと変わらない力強い松井の声は揺るぎない安心感を与えてくれた。

「連絡が遅れてすいません。空港から刑事と一緒だったので」

『とにかくお前が無事でよかった。しばらくは落ち着かないだろうが――』

「すいませんでした」

『やめろ、お前が謝ることじゃないと言っただろうが』

「しかし、班長の信頼に背くことになってしまいました」

『俺が行っていても同じだったと思う。おそらく、あいつらはお前が離れるのを待っていたんだろうからな。二十四時間のフルタイム警護が必要との情報もなかったんだ。不可抗力だ』

そう言われても気持ちは楽になるどころか、ますます重くなった。自分はその兆候を見ていたのだから。

あの、アジア系の男……。

『お前が見たという奴のことを考えているのか?』

「はい。東洋人、日本人かもしれません。射殺された犯人の仲間なのではないかと……ですので、私がもっとよく観察していれば」

『いまさらどうにもならんだろうが。むしろ、その記憶をこれからに生かせ。決して無駄にするな』

そうすることが、この暗澹たる状況の中で、唯一の拠りどころに感じられた。

『どうだ、たまには家に寄れよ。夜はたいていいるぞ』

「ご自宅って、荏田のですか? ぜひ。ただですね……」

『どうした? また田舎だからと言ってバカにするなよ』

山辺はわずかに微笑んだ。

松井は退官後、埼玉の川越から横浜市の荏田という町に転居していた。フリーランスとして仕事を請け負っているので、事務所兼自宅ということになっているらしい。

「いえ。班長の家がなにもない田舎にあると言うつもりはありません」

ここで声を落とす。

「その、尾行がついているんです。これ以上、班長に迷惑はかけられません」

『尾行か……。なぁ、刑事の名前は分かるか？』

「空港に出迎えた刑事でしたら名刺をもらっています」

山辺は二人の名前を伝えた。

『本庁捜査一課か。よし、その件はまかせろ。聞いてみる』

「あぁ、田島刑事ですか？」

松井は自衛官たる自身の進退を決めることになったある事件で、田島という捜査一課の刑事と反目していたことがあった。

警務隊と警察は、事件捜査という点では基本的に同じである。自衛官が事件を起こした時、それが自衛隊の施設内であれば警務隊が対応するし、外で事件を起こせば警察が対応する。

しかし自衛官の犯罪を立証するために内偵を進めているところに、横から警察が出てくるとややこしいことになるし、もし防衛機密を扱うような事件であれば警察といえど、身柄を渡せないこともある。

こういう場合は〝先着の原則〟があり、先に捜査を進めていたほうが捜査権を持つという協定がある。

松井と田島の反目は、その協定によるせめぎ合いだったが、最終的に両者が協力することで事件が解決したことから、その後は信頼できる間柄になったようだ。

当時松井の部下だった山辺は、ある事情でその人物を尾行したことがあったが、吉原で見事に撒かれた。優秀な刑事だという印象が残っている。

『誤解が解けるかどうか分からないが、話してみるよ』

「すいません、よろしくお願いします」

『あとな、これまでの分だが、来週には振り込めるようにしてあるから』

それが辻川の警護の報酬だということに気づくまでにしばらく時間がかかった。

「いえ、私は任務を遂行できませんでした」

『それとこれとは別の話だ。お前に対する信頼は変わっていない。お前がその気なら、これからも仕事を手伝ってほしいとも思っている』

「すいません……ありがとうございます」

『今はいろいろ大変だろうから、落ち着いたらまた話をしよう』

自衛官時代も散々世話になったが、いつまでも頭が上がらない。

山辺は誰もいない部屋で頭を下げながら電話を切った。


ワイドショー、夕方のニュース。ここ一週間の出来事をぼんやりと見ていた。芸能人の不倫、政治家の失言、年の瀬がせまる都会と酔っぱらいのサラリーマンの愚痴。

大変な事が起こっていたのに、別世界にいるような違和感があった。

それでも、本来はこちらが住むべき世界だということに体が慣れてくる。今は片時も頭から離れない自責の念も、そのうち霧のように消えてしまいそうで、それが嫌だった。

携帯電話が鳴った。松井だった。

部屋がすっかり暗くなっていたことに気づいて、蛍光灯をつけようと立ち上がったものの、松井の次の言葉で思いとどまった。

『なぁ、山辺。今でも尾行者はいるか？』

「いま確認します」

カーテンを押し開き、周囲を窺う。

『いえ……見える範囲にはいなそうです。もう誤解を解いてもらったのですか？』

さすがだ、と思ったが違った。

『それがな、田島さんに確認してもらったところ、捜査一課は尾行なんてしていないそうだ』

「えっ」

　見張られているように思えたのは気のせいだったのだろうか。もう一度外を見る。やはり街灯では人影は見えない。

　山辺はしっかりとカーテンを閉めた。

『お前を担当していた刑事は、改めて話を聞くつもりでいるのは間違いないが、今のところ尾行する必要性は特に感じていないらしい』

　やはり、間違いか？

「そうですか……。お手数をかけてしまってすいません」

『いや、ただな、もしその尾行者が捜査一課以外の者だったのならわからないということだ』

「捜査一課以外？　たとえば、公安とか？」

『その可能性はあるな。だからしばらくはおとなしくしていたほうがいいかもしれない』

「了解です」

『しかし、おれは刑事を引き連れて来てもらっても一向に構わないからな。いつでも連絡してくれ』

　山辺は礼を言って電話を置いた。

しばらく暗い部屋で過ごしたあと、十分ほど離れたコンビニに向かった。

周囲にさりげなく目を配るが、尾行者の気配はない。

念のためコンビニで雑誌を読みながら二十分ほど周囲の変化を確認したが、行き交う人は立ち止まることなく常に流れている。どこからか山辺を監視するような目はなかった。

やはり取り越し苦労だったのかと、ビールと弁当を購入し、冷え込みを増した通りを歩いた。

五分ほど歩いた頃に携帯電話が振動したので、ディスプレイを確認した。

ショートメッセージだった。送信元は電話番号になっているが、見覚えはなかった。

〝尾行しているのは警察じゃないよ〟

思わず立ち止まった。

なんだ、これは？　どこでこの番号を調べた？　誰だ？　それに尾行されている？

戸惑っていると、再びメッセージ。

〝備えよ、常に〟

なんのつもりだ。

山辺は表示されていた番号に電話をかけてみたが、番号が使われていない旨のメッセージが流れるだけだった。

山辺は周囲をもう一度見回してから、再び歩き始めた。幾度も後ろを振り返る。

住宅街で駅からもさほど遠くない。幹線道路の抜け道にもなっているために、ある程度の交通量もある。

人気の無い路地に飛び込み、しばらく追跡者の有無を確認したが異常は無さそうだった。

もう一度、携帯電話を確認する。

備えよ、常に。

何に、備えろというのだ？

翌日、気持ちの落ち着かなさもあって上野に出かけた。

上野は東京の北の玄関口と呼ばれ、主に東北、上越地方を結ぶターミナル駅である。戦後の闇市が発展したとされるアメ横界隈など、安く飲める店が多くあるのもありがたい。

池上からだと山手線を挟んだ正反対に当たるが、大学で上京し自衛隊に入隊するまでの四年間を、上野から日比谷線で二駅離れた三ノ輪という街で過ごしたこともあって、この界隈はいまでも落ち着く場所だ。

夕方からセンベロを梯子しながらひとりで飲んでいた。

センベロは、千円でベロベロになるまで飲めるという店だ。かつては、薄汚れた店に山谷の日雇いの男たちが競馬新聞を片手にやってくる、という雰囲気もあった。そこに山辺ら金のない大学生も流れ込み、混沌とした空間だった。

自分も金を持っていないくせに酒を振る舞うじいさんは故郷の風景を語ってくれた。誰もいない壁に向かって社会への不満をぶつける者もいたが、意外と的を射ていて驚いたこともあった。

最近は〝昭和感〟を煽るテレビ番組などで紹介され、千円分使ったら他の店にハシゴするという飲み方をする若い人や外国人観光客も訪れるようになり、雰囲気も変わった。

いまいる店は山辺が大学生の頃からあった店で、同様の店がひしめくこの界隈では大きいほうだと思うが、すでに席は埋まっていた。

山辺は木製のケーブルドラムを積み上げた簡易テーブルで、いまは焼酎を立ち飲みしている。

――ただ者ではないな。

というのが二人組の男らを見た第一印象だった。

センベロに現われるスーツの二人組というのは、たいていは会社の同僚か友人である。取引先の人間を連れてくることもあるだろうが、小汚いセンベロは接待には向かないので、気心の知れた仲ということになる。

いずれにしろ、たとえそこで交わされる会話が楽しいものだけではなかったとしても、最初から最後まで仏頂面で無言のままということはない。安くてたくさん飲めるのがセンベロなのに、酒もほどほどで会話も弾んでいないとなれば、まず思いつくのは刑事だった。

二人の年齢差は十歳くらいだろうか。ひとりは四十代後半で、耳のあたりに白髪が目立つ。老眼なのか、時折手にする携帯電話をやや遠ざけるようにして見ている。

若いほうは小柄ながら鍛えているのがわかるような、ぴったりとしたスーツを着ていた。松井の情報では、捜査一課は尾行をしていないということだったから、刑事ではないかもしれない……。

スーツはどこにでもある安物に見える。髪型も普通。その普通がここでは逆に目立っていた。

山辺は終電間際まで居座ると、上野駅で銀座線に乗り、池上とは逆方向の電車に乗った。そして終点浅草のひとつ手前の田原町で降りると、碁盤の目のように区切られた路地を浅草寺に向かってジグザグに進んでいく。

昔から浅草界隈も遊び場にしていたので土地勘はあった。

このあたりの小道にはそれぞれ名前がつけられているが、そのうちの寿司屋通りというアーケードに入った。まっすぐ抜ければＲＯＸビルや浅草六区につながる。そこからさらに枝道に分け入って行くと、袋小路になった五〇メートルほどに小さな飲み屋が密集しているエリアがある。この時間はすべて暖簾を下ろしていて、暗闇をいびつなシルエットで浮き上がらせていた。

山辺はその物置の陰に素早く身を隠した。ほどなくして二組の足音が聞こえ、そして止まった。

だが、追跡者は小道には入ってこなかった。

つまり、尾行がバレているということがバレているのだ。男たちは深追いをするつもりはないのだろう。一分もしないうちに立ち去った。

物陰から出た山辺は、逆に尾行するつもりで後を追ったが、追跡者らは二〇メートルほど先で立ち止まっていて、ボソボソと話し合う声が耳に届いた。

「やめろ、命令だろ」

ひとりは止めるようなことを言っている。それに対してもうひとりの声は、さっさとカタをつける、と反論しているようだ。

すると人影のひとつがこちらに向かって駆け足で戻ってきた。

いまさら隠れるわけにもいかず、山辺は通りで対峙（たいじ）することになった。

戻ってきたのは若いほうの男で、歳は山辺と同じくらいだろう。やはり鍛えられた体つきをしているのが暗くてもわかった。

「私になにかご用ですか」

男は山辺に対して歪（ゆが）んだ薄笑いを浮かべた。楽しくて仕方がないのを無理やり我慢しているような様子だった。

「素直にキーを渡してくれりゃあさ、怪我(けが)はしねぇよ」

キー？

戸惑っていると二人目が現われた。こちらは人の良さそうな笑みを浮かべていた。まるで「ウチの若いモンがどうもすいません」と仲裁に戻ってきた上司のように見えた。ここは何事もなかったことにして立ち去りたいという感じだったが、〝若いモン〟の言動を見て、もう後に引けないと思ったのだろう。笑みはあっさり消えた。

しかし、キーとはなんのことだろう。

山辺が眉間(みけん)に皺(しわ)を寄せたのは、本当にわからなかったからだが、男はそれをとぼけていると受け取ったようだ。

「あんたがそのつもりならしかたねぇ。ちょっといっしょに来てもらおうか」

「謹(つつし)んでお断りしますよ」

「気に入らねぇな」

「気に入られたいとも思っていないんでね」

男はネクタイを外した。動きづらいからではない。格闘になったとき、ネクタイをしていると簡単に首を締められ、動きを封じられるからだろう。やはり暴力に慣れた様子だ。

「いいから、ちょっと……」

ノーネクタイになった男が手を伸ばしてきた。

明らかに油断しているのがわかった。山辺の実力を過小評価しているのだ。

争いを避けたいときは、自らの能力を誇示することも有効だが、この場合は、その油断を利用することにする。

力を抜き、構えるわけでもなく、両手をだらんと下げて待った。

山辺の襟首をつかもうとした刹那、山辺はその手を摑んで捻り上げると、みぞおちに膝を叩き入れた。呼吸ができずに倒れ込んだところを、腕を摑んだまま首の後ろを踏みつけて固定する。ここまで三秒もかかっていない。

意識せずとも体が自然に動いた。訓練を通して染みついた動作だ。このまま捻り上げれば、肩関節を破壊できる。

しかし、もう一人の男が胸元に手を入れたのを見て山辺は反応した。

ノーネクタイを突き放して突進する。闇に光る自動拳銃がこちらを捉える前に懐に飛び込むと、銃身をつかんで手首を体の外側にねじり上げる。その際、ハンマーの間に人さし指を挟んで暴発を抑えている。

ぎゃあ、という小さな声とともにあっさり銃を奪えた。引き金にかけていた男の人さし指の骨が、ぽっきりと折れる感触があった。

山辺はその銃身をハンマーのようにして摑むと、グリップをこめかみに叩きつけた。映画のようにあっさりと気絶してくれはしなかったが、ゴミ箱に倒れ込ませることには成功した。

振り返ってみるとノーネクタイがナイフを剝いていた。その構えは素人ではなかった。大振りすることなくコンパクトなスイングを繰り出してくる。ナイフの軌跡が弧を描いて白く闇に光った。

しかし、訓練で想定しているのはむしろこのような戦闘だ。下手な素人よりも動きを予想しやすい。

空間を踊る刃先をかいくぐって最短距離で飛んだ山辺の拳が、ノーネクタイの鼻頭を鼻腔にめり込ませた。男はそのまま、仰向けに倒れ込んだ。

ナイフを握る腕を踏みつけながら、顔面を血で濡らした顔を覗き込む。

「で、あんたはだれだ？」

襲撃者は言葉にならないわめき声をあげた。

奪った拳銃を突きつける。

「キーってなんのことだ？　辻川さんを殺したのはお前たちか？」

「お前も、殺してやるよ、そのうちな」

お前も、と言った。〝も〟の中には辻川が入っているのか⁉

山辺は自分自身の感情を制御することができず、気づけば何度も蹴りを食らわせていた。

お前か、辻川さんを殺したのはお前らなのか——。

その怒りの感情が隙を作らせてしまったのかもしれない。

背中に受けた衝撃で、山辺は前のめりに倒れ、コンクリートの壁に額を強打した。

朦朧とする視界に見えたのは、バラバラになった電飾看板。カラオケスナックのものだ。もう一人の男が山辺の背後から襲ったのだった。

早く立ち上がらなければと思ったが、身体がいうことをきかない。

指を折られた男は、鬼の形相でゆっくりとこちらに向かってくる。

いま反撃されたらまずい。

しかし男は足を止め、周囲を見渡すと、慌てた様子でノーネクタイを引き起こして走り去った。

ぼんやりとしていた視界が輪郭を取り戻すのに合わせて聴力も回復してきた。

どうやら、近隣の住民が騒ぎに気づいたようだ。野次馬が集まってきて、俯いた山辺を遠巻きに窺う。

「おい、あんた大丈夫か？」

山辺の顔を覗き込むごま塩頭の男に、手を上げて大丈夫だ、と答える。

すると寝間着姿の女が三名の警官を連れて駆けつけてきた。浅草六区交番から近いので、110番よりも早かったのかもしれない。

「お巡りさん、こっちこっち」

若手の警官が山辺の横に膝をつくと、声をかけてきた。

「はいはーい、お兄さん、大丈夫ですかー？」

酔っぱらい同士の喧嘩と言われて来たのか、のんびりとした声をかけてきた。

「はい、大丈夫です。これを」

「なんですか、これ……」

山辺が奪った拳銃を差し出すと、警官は苦笑しながらそれを受けとった。

「いやね、個人の趣味嗜好のことですから、私は全然いいと思うんですけどね。でも、いい大人が街中でこんなものを持ち歩くのはどうかと思うなぁ」

よくできてるね、と他の警官も覗き込んだ。笑みを浮かべながらしばらく撫で回し、そして真顔になった。引き出したマガジンには実弾が入っていたからだ。

「へ？　えええええっ⁉」

その銃が本物であることに気づいて、一人は無線機に向かって叫び始めた。応援を要請している。拳銃所持の男が、どうとか。

他の二人はしゃがみこんだ山辺をやや遠巻きにして立ち、どう扱えばいいか戸惑っているようだった。

「お巡りさん、どうしたのぉー？」

と近隣住民の問いかけにも答えることができていなかった。

山辺が腰をあげると、慌てて駆け寄ってくる。

「ままま、待て。ちょっと座ってなさい」

やれやれ、面倒なことになった。

山辺は深いため息をつくと、警視庁捜査一課の恒川の名を告げた。


「いやぁ、災難でしたなぁ」

警視庁本庁舎二階、小さく仕切られた部屋のひとつに案内された山辺に、恒川がお茶を出しながら言った。

襲撃の翌朝十時、山辺は桜田門（さくらだもん）にある警視庁本部に来ていた。

恒川の指示通り、念のために病院で診察を受け、問題ないことを確認していた。

「昨夜は現場に行けなくて申し訳ない」

「いえ」

パイプ椅子にどすんと腰を落とした恒川はだるそうに背もたれに寄りかかった。

「さて、襲った二人組に面識はないということでしたが、間違いないですか？」

「はい。まったく知りません」

「襲われる心当たりについては?」

「それもありません」

恒川は茶を旨そうに口に含むと、わずかに目を細めた。

「しかし、あなたになくても向こうにはある」

「え?」

「ただの通りすがりじゃないんですよね、それに銃まで持っていたのですから。あなたは理由があって襲われた。それはなんだと思われますか」

「分かりませんよ、そんなの」

ムカついて語気を強めると、また相好を崩してみせる。

「まぁまぁ。元捜査員としての想像で構いません。客観的に考えるとどうでしょうね?」

銃まで持っていたということになると、思い当たることがひとつある。

「たとえばアメリカで銃撃戦になった時の連中で、仲間を殺されたことに対して復讐にきた、とか」

なにかを言おうとした恒川の機先を制して続ける。

「もちろん今回の襲撃犯がそうだったかはわかりません。アメリカでは暗かったし、距離もあった。なにしろ銃弾が飛び交っている中ですから人相まで覚える余裕はありません」

覚えているのは、射殺された男の最期の顔だ。たとえようのない表情だった。

強いて言えば、大義に燃え、悦に入っているような。

恒川は頷いた。

「もしそうだとしたら、わざわざ海を越えてきたってことになりますからね、そうとう恨まれているんでしょうな」

なにが面白いのかわからないが、恒川は僅かに笑っていた。

「そういえば、連中はキーがどうとか言ってましたが」

「キー？」

「ええ。ふたこと目には『キーはどこだ』と」

「なんのキーですか？」

「分かりませんよ」

こっちが聞きたい。

「辻川さんからなにか預かっていたとか？」

「それはありません」

「ご自身の荷物は全部調べられましたか？」

「着替えなどは、まだスーツケースの中ですが」

カリフォルニアは東京よりも温暖な気候と聞いていたので、持って行ったのはやや薄手のものだった。だから帰国して着る機会がないものは、そのままになっている。

「いやぁ、でしたら一度調べられたほうがいい。海外旅行者が、本人の知らない間に運び屋にされることは実際にありますんで」

「運び屋って、なんのですか」

恒川は茶をすすると、質問には答えずに話題を変えた。

「それで、これについては？」

写真を机の上に置いた。昨夜の襲撃犯が持っていた拳銃だ。

「イスラエル製のジェリコ941。だと思います」

恒川は手元のメモを確認しながら満足げに頷いた。

「正解です、さすがですね。自衛隊でも馴染みがない銃のはずなのに」

いちいち癪に障る言い方をする刑事だ。

「馴染みはなくとも、民間人よりは銃器に関する情報には敏感でしょうから」

恒川は寝不足なのか、あくびをするついでのように、なるほどねぇ、と言った。

「それで、今回の一件はどう思われますか」

「先ほどもお話ししましたが、心当たりはまったくありません。ただ、襲撃者はよく訓練されているという印象はありました」

「あなたと同じ、ってことですね」

山辺は、恒川の言葉に悪意を感じ始めていた。

「あの、さっきからなんですか──」

「偶然ですかね」

　言葉をかぶされた。

「なにが、ですか？」

「ちょうどわれわれも山辺さんにお話を伺いたいなと思っていたんですよ」

　恒川は手にしたファイルをこちらに見せないように弄びながら言った。

「犯行前、射殺された犯人がね、ホテルのロビーで、携帯電話で話をしているのを従業員が見ています。その時、日本語で話していたようなんですよ」

　山辺は、なるほど、と頷いた。

「その所持品を調べたところ──」

　意味ありげな発音でしゃべる。

「所持していた拳銃は、辻川さん殺害のものとは一致しませんでした」

「え、しかしホテルにいたのなら犯人ですよね──」

「防犯カメラによれば、犯人はもう一人いたらしいですよ。残念ながら顔は確認できなかったようですが、東洋人。はっきりいえば日本人の可能性が高い」

　日本人……マスタングの男？

　ゴトン、と恒川が湯呑みを置いた音に我に返った。

「それと、辻川さん殺害犯が持っていた携帯電話ですが、プリペイド式で、バリフェアモールで購入されたことが分かっています。で、そのモールってのは、あなたが宿泊されていたホテルのすぐ近くですよね？」

確かに、サンタナロウから大通りを一本隔てたところにショッピングモールがあった。それがバリフェアモールだ。

「そうですけど、それが？」

「さらに、着信履歴が残っていまして、それが、あなたが辻川さんと別れたあと、ホテルを出たのと同時刻です」

山辺は嫌な予感がしてきた。

「ちょっと待ってください。まるで私が殺人犯に指示したみたいじゃないですか。私が襲撃犯の仲間だと？」

「えっ、そうなんですか⁉」

初めて空港で会ったときと同じ、ふざけるような口調だったが、あのときと違って目は笑っていなかった。それは、草むらから獲物を狙う虎のようだった。

「それから犯人は、銃撃戦となった現場近くにバイクを隠しておりまして、ロスガトス・クリークという渓谷沿いに逃走したのですが、事件の前日、同じ渓谷の防犯カメラであなたの姿が確認されています」

山辺は左右に頭を大きく振る。

「それはランニングをしていたからです。しかも、同じ渓谷といっても場所がずいぶん離れています」

それは関係がないよ、という顔をする恒川に山辺は抵抗する。

「それに、もし私が襲撃犯の仲間だとしたら、アメリカで同士討ちをしたことになりますよ？　それに今回だって襲われたのに！」

「仲間を撃ったのは口封じ。襲わせたのは捜査の目を混乱させるための自演……なんてね」

冗談ですわ、と笑う恒川に、山辺は拳を机の下で強く握っていた。

警察は助けてくれると思ったが、それどころか疑われるとは。

「失礼します」

山辺は立ち上がると、恒川の反応を待たずに廊下に出て、大股で進んだ。ロビーまで来たところで背後から声がかかった。立ち止まりはしたが、振り返りはしなかった。

「我々は、いかなる可能性も排除しません。そこんところ、よろしくどうぞ」

なにか言ってやりたかったが、結局言葉にできず、足早に立ち去ることにした。

地下鉄を乗り継いで自宅に戻ったが、尾行がついているのが、はっきりと分かった。

池上駅を降りた時に松井から電話があり、駅近くの公園のベンチに座って話をすることにした。ブランコを挟んだ反対側には尾行者の姿が見える。隠れるつもりはないようだ。

『どうやら、今度は本当に刑事だ。お前が手引きして辻川さんを殺害させたと考えているようだな』

「そんな！　私は違います――」

『そんなことはわかっている。俺も誤解だと言ったんだが、どうやら匿名のタレコミがあったようなんだ』

「えっ、タレコミって……どうしてそんなことが」

『プリペイドの携帯電話とか、お前が食事に行ったタイミングとか、ランニングのコースだとか。そういう情報を引っ張り出してきて、無理矢理結びつけたんだ。辻褄が合うようにな』

「だれがそんなことを。辻川さんを殺したグループでしょうか」

『可能性は高いが、まぁ、心配するな。こんなもの、裏付け捜査をすればすぐに分かる。刑事のムカつく態度もボロを出させようとする腹積もりだろうから気にしなくてもいい。俺らもよくやってたろ？』

山辺は僅かに微笑んだ。プレッシャーをかけて追い詰めるのは、取り調べの常套テクニックのひとつだった。

『しかし、連中の目的が分からんな』

「辻川さんを殺した目的ですか？」

『いや、それもそうだが、このタレコミもだ。お前を犯人に仕立ててなんのメリットがあるんだ？　どんなに警察が疑うきっかけになったとしても、それは状況証拠でしかない。少し調べれば、間違いだということは分かる』

「警察に私を尾行させて、動きを封じるためでしょうか？」

ちらりと窺うと、若い刑事が、ベテランと思われる刑事のタバコに火を点けているところだった。

『一時的なものにしかならないだろうが、ありえる話ではあるな。ならば、その裏でなにかを企んでいることになる』

警務隊の頃が思い出された。いつもこうやって理論的に考えろと叩き込まれた。

「たしかによくわからないですね」

『背後にはまだ見えてこないなにかが眠っていそうだな』

気分とは関係なくよく晴れた空を見上げた。

「そういえば『キーを出せ』と言われたのですが、関係があるのでしょうか」

『それが何かにもよるな。心当たりは？』

「いえ、まったく……」

『そうか。刑事は?』

「バリバリ見張ってます」

『つまり、向こうも手詰まりなのかもな。とりあえず、刑事たちは尾行を隠すつもりもないようだ。気をつけろ、立ちションなんかしたら間違いなく逮捕される』

「了解しました」

電話を切って振り返ると、公園の隅でタバコを吸っていた尾行者は、目が合っても逸らそうとすらしなかった。

山辺は缶コーヒーを飲み干して、立ち上がった。

「おかわりはいかがですか?」

そう声をかけられて振り返ると、トレンチコートを着た女が微笑みながら缶コーヒーを差し出していた。そのスマイルを見て、飲料メーカーの営業だろうかとも思った。

女性としては長身だった。目線は山辺よりもやや下、ハイヒールの分を差し引いて、身長は約一七〇センチと見積もった。ふっくらした頰は、寒さで紅潮したリンゴというよりは、春の日差しを思わせる柔らかな桜色をしていて、空気が乾燥するこの時期においても、みずみずしさを感じさせる肌だった。

耳にかかっていない右側の髪は、胸のあたりで艶やかに光りながら揺れていた。唇の左下にあるほくろが色気を伴っていたが、それを閉じ込めるかのような無粋なスーツは勤務先の服装規定によるものなのだろうか。

爛々(らんらん)とした、潤いのあるぱっちりとした瞳がまっすぐに山辺を捉えると、急に耳元に顔を近づけてきた。思わず固まってしまった山辺に女はコーヒーを持たせると、口元を片手で隠しながら囁(ささや)いた。

「私、内閣府の田上美香(たがみみか)と申します」

「内閣府ぅ？」

「しーっ」

田上と名乗った女が慌てて人差し指を口に当てながらあたりを窺った。

山辺も声を落とす。

「あの。私になにか？」

「辻川さんの件です」

刑事たちは、謎(なぞ)の女の登場に興味津々(しんしん)という感じでこちらを窺っている。

「あぁ、刑事さんたち？　それなら気にしなくて大丈夫ですよ」

田上は楽しげに言う。

「えっ、知っているんですか？」

「はい。あなたがあらぬ疑いをかけられていることもね」

内閣府は警察とどういう繋がりがあるのだろうか。

「でも、向こうはあなたのことを知らないようだ。私に関わったらやっかいなことになりますよ？」

「いえいえ。まぁ、まずは座ってコーヒーでも飲んでください」

言われるままにベンチに座り、缶コーヒーのタブを開けたが、飲む気にもならない。この女の目的が分からないからだ。

田上も腰を下ろしたが、山辺がベンチの真ん中に座っていたため近すぎた。山辺は横にずれて間隔をあけた。

「それで、私にご用とは？」

「あなたを助けにきました」

山辺が眉根（まゆね）を寄せると、田上はぎゅっと目を瞑（つむ）った。若気の至りを暴露されたように両手の平をこちらに向け、小刻みに振りながら笑う。

「実をいうと、私たちも助けて欲しいんですけどね」

「私たち？」

「はい、仲間がいるんですよ。まだ二人ですけど」

「あの、助けるとか助けられるとかって、なんの話ですか？」

「それはここでは。ぜひ見ていただきたいものもあるんです」

突然現われた女の目的、素性が謎で、山辺はどんな反応をすればいいのか分からなかった。とりあえず探りを入れることにした。

「辻川さんのことをご存知なんですね。お知り合いですか？」

「ええ。ここだけの話」

そう言ってまた顔を近づけた。甘い香水の匂いがした。

「政府は、辻川さんの研究を支援していたんです」

ここで真顔になった。

「辻川さんが殺されたのは、その研究成果を狙われたためだと考えています」

「研究？　人工知能のことですか？」

「よくご存知で。でもそれは表向き」

「表向きって、辻川さんはその道の第一人者と聞いていましたが」

「もちろんそうです。彼の第一の目的は真の意味で人間らしい思考をする人工知能です。ただ、同時にあるものも開発していました。まだ公になっていませんが、彼と彼のチームは革新的な技術の開発に成功していたんです」

「革新的なら……なぜ公にしないのですか？」

それまで山辺をまっすぐに見ていた田上は、ベンチの背もたれに寄りかかると視線を遠くに置き、まるで思い出を語るようにつぶやいた。

「まぁ、世界がパニックになるから、かな」

その口調は穏やかだったので、なにかの比喩かとも思ったが、冗談を言っているようにも聞こえなかったので、聞き返した。

「パニック？」

「はいっ」

田上は美味しいスイーツの話でもしているかのような笑みを見せた。

「世界各国がその開発に躍起になっているんですよ。ある意味、核兵器にすら匹敵する破壊力かもしれない。それを世界に先駆けて作り上げたんです」

「辻川さんが兵器を？」

「例えですよ、例え」

田上は回りくどい言い方が通用しないと感じたようで、肩を上下させて息を吐くと真顔になった。

「辻川さんを殺してでも奪いたい技術ということです」

その冷たい声は、ひょっとしたら、これまでの柔らかい態度は傍から見る刑事たちを騙すために演じていたのではないかと思えるほどの変わりようだった。

しかし、すぐにスイッチを入れたようにパッと明るい表情に戻った。

「ところで、量子コンピューターって知ってますか？」

いきなりの話題で戸惑った。

「なんか、名前くらいは聞いた気がしますが……よくは知りません」

そんなのいいんですよ、というように細めた目尻を下げながら田上は頷いた。

「これまでのものとは動作原理が根本的に異なるコンピューターで、既存のスーパーコンピューターですら天文学的な時間がかかってしまう計算を、ほんの一瞬で解いてしまうほどです」

田上は得意げだったが、山辺にはピンとこなかった。

「それが、核兵器？」

「そう。セキュリティの世界に対してはね」

「暗号解読、とか？」

田上は正解とばかりに人差し指を立てた。

「バカップルのしょうもないメールから金融、軍事情報に至るまで、世界はコンピューターセキュリティが機能することで成り立っています」

「はい……」

「もしそれを無効にすることができたとしたら？　欲しい情報も、金も好きなだけ手に入れられる。どっかの国の金庫を空(から)にすることもできるでしょうし、アメリカの核ミサイルだって撃てるかもしれない」

素人はこれだ、と山辺は苦笑した。

「核ミサイルは大統領が持つ認証コードと共に命令を下さないと撃てないはずですよ。どんなにテクノロジーが進化しても最後は人の手です」

すると田上も、素人は困る、とばかりに笑った。

「ミサイルに導火線があって、人がマッチ棒で火を点けるわけじゃないですよね。意思決定の伝達に必ずコンピューターが介在する世の中です。所詮(しょせん)は電気信号。正しい命令が下されたというニセモノの信号をつくることはできます。それに、第三国の核ミサイルだったらどうでしょうね、そこまでのセキュリティはあるかしら」

暗号化技術が無力化される？　もしそんなことが可能になったら……。

個人情報の流出や、金融機関の資産情報の改ざん。さらに原子力発電所を始めとする重要インフラを混乱させたり、株価を操作して大恐慌を起こしたりすることもできるかもしれない。そして大量破壊兵器の使用……。

現代社会は崩壊する。

絵空事(えそらごと)のようにも思えるが、過去に実際に起こっている。

アメリカ北部総司令部『ＮＯＲＡＤ』の戦略コンピューターがハッキングされたことがあるのだ。まだコンピューターが黎明(れいめい)期の話で、セキュリティの程度も今と比べものにならないほど低かったということもあるが、こういった技術は、守る側も攻める側も同様に進化している。

　またコンピューターができなかった仕事をするようになると、依存度は上がり、コンピューターを盲目的に信用してしまう状況は今も昔も変わらない。間違いを引き起こすのは、結局は人なのかもしれない。

　そんなことが実際に起きるわけはないと思うものの、その根拠が希薄であるのも事実だ。辻川が殺され、自らも襲われた。大きななにかに巻き込まれているという実感が、田上の話に妙な信憑性を与えていた。

「辻川さんは、世界に先駆けて世の中の暗号を解いてしまうようなコンピューターを作ったというんですか？　そんなことが可能になると？」

　田上は顎に細い人差し指を置き、小首を傾げながら空に視線を置いた。

「素因数分解って覚えてますか？」

　意図がわからず、会話のペースが合わないことに軽く戸惑う。

「え？　まぁ、なんとなくですけど」

「たとえば６」

「は？　６？」

「ええ。６は、何×何でしょう？」

「２×３？」

「そう、正解！」

なんだかバカにされているように思えてきた。

「2も3も素数ですね。つまり、素数とは1よりも大きな自然数で、1か自分自身じゃないと割り切れない数字。素因数分解は、ある数字がどんな素数×素数で成り立っているのかを計算することです。これが、現代を支えるコンピューターセキュリティの基礎です」

「そんな簡単なことなんですか」

「まぁまぁ。じゃあ143は、何×何でしょう」

「えっ、えっと」

「11×13です。どうです。二桁同士のかけ算になると途端に難しくなるでしょ？」

「でもコンピューターなら解けますよね」

「ええ。でも、もしこれが数百、数千、数万桁同士の掛け算だったとしたら、コンピューターでも容易には解けません。いまだに素因数分解の効率的な計算式は発見されていないんですよ」

「でも、効率的でなくても時間をかければ解けるんですよね？」

「そうです。この式が解ける＝暗号が解ける。その時間がかかることが、現代セキュリティを支えていると思えばイメージしやすいですかね」

「理屈はわかりました。つまり、いまの暗号は完璧じゃないということを言いたいのですか？」

「その通りです。ただし、いまのコンピューターでは解くのに数年かかるような暗号を、場合によっては秒単位で変更する。だから『事実上』解けないってことになっているんです、ちなみに現在発見されている最大の素数は、二千万桁もあるんですよ」

得意気な田上に対してどうリアクションしていいのかわからない。

「それで、量子コンピューター……ですか？」

「ええ。現在のセキュリティは、それを解くのに時間がかかる計算が拠りどころなのに、もし瞬間的に解ける能力があったなら、いまの世界は丸裸。悪魔がこの力を得てしまったら大変です。情報を守るためにはコンピューターをネットから切り離すしかなくなります。みんな帳簿に記録し伝票を郵便で送り合う。数世紀前に逆戻りだわ」

愉快そうな田上のほうが、むしろ悪魔に見えた。

「それを辻川さんが開発したというんですか？」

そんな訳はないだろう、という心持ちで聞いてみたが、田上はあっさり言う。

「ええ、そうなんです」

「でも、本当なんですか。もし使われたら大変じゃないですか」

開発されたとはいえ、いまのところ世界はパニックにはなっていないが。

「それが使われたんですよ、既に」

「えっ、いつ？　どこで？」

「世界中のフォーブストップ一〇〇の企業で」

山辺はハッとした。

そのニュースを見た記憶があった。あの時はよくわかっていなかったが、単なるハッカーの仕業ではなかったというのか。

しかし……。

首を捻る山辺に田上が言う。

「いまいち信用していないようですねー？」

「ええ。まず辻川さんがハッキングなんてことをするとは思えないし、そんなものを開発していたのなら、プロトビジョンを警察が家宅捜索していてもおかしくない」

「ああ、それは単純なことです。まだ知られていないんです。足跡も残さないし、ハッキングした証拠がないので家宅捜索もできない」

「痕跡を残さずにハッキングしたと？」

「ええ」

そんなことは当たり前だというように笑う。

「でも、もしそうならすでに世界が混乱していてもおかしくないですよね。それにどうしてそんな『だれも知らない秘密』を私に話すんですか」

田上の話に現実味を感じないのは、こんな重大な話を、こんなのどかな公園で話しているということもある。もし本当なら、缶コーヒー片手に気軽にする話ではない。

「そこなんです」

「どこ？」

「世界が混乱してない理由。それは、辻川さんが渡米直前に量子コンピューターの機能を制限する仕掛けを施したためなんです。だから今日と変わらぬ明日がやってくるでしょう。しかし、それがいつまで続くのかはわかりません。そこであなたに」

「私に？　私にはそんな知識はありませんよ」

「それはわかっています」

　そう言われると腹も立つ。

「山辺さんは辻川さんからなにか預かっていませんか？　コンピューターを起動させる――」

　脳の奥で、パチンとなにかが弾けた。

「キー？」

　田上は立ち上がると山辺に迫った。

「それです！　どこにありますか!?」

「いや、持っていませんよ。私を襲った連中がそう言っていただけで。なんなんですかキーって？」

「そうですか……。実は私にもそれがわからなくて」

持っていないとわかると、わかりやすいくらいに肩を落とした。

「でも、そのコンピューターが相当の能力を持っていたとしても、なぜ辻川さんは殺されなきゃならなかったのですか。連中はそのコンピューターが欲しいはずですよね？　本体を盗むか、辻川さんを拉致して設計情報を聞き出せばいいのに」

田上はしばらく考え込んだ。

「山辺さん、会っていただきたい人がいるんですが」

「もう一人の仲間、ですか？」

「そうです。そして見ていただきたいものも。明日、お迎えにあがってもいいですか？」

「いいんですか？」

公園の片隅の二人組にあごをしゃくって見せた。

「ええ、もちろん」

田上は頭を下げて回れ右をすると、刑事たちに向かって手を振ってみせた。

「じゃあ、また明日。詳しいお話はその時に」

そう言って公園を後にした。

二人の刑事は顔を見合わせると、若いほうは田上を追って公園を出た。

手にしたコーヒーはすでに冷たく、飲むと妙に甘ったるかった。

第三章

翌日、朝九時にアパートのドアがノックされた。心当たりは一人しかいない。

「本当に来たんですね」

ドアを開けると、いや、おそらくドアを開ける前から田上はスマイルを浮かべていた。その背後、コインパーキングの奥に刑事の姿があった。そんな状況で部屋に入れるのもどうかと思ったので一分だけ待ってもらい、素早く身支度(みじたく)を整えて出た。

「寝坊したんですか」

いきなり聞いてきた。

「寝坊もなにも、特に予定がありません」

「そうか、今は無職でしたもんね。お金あります？」

「余計なお世話です。それとも政府が援助してくれるとでも？」

「さて、どうでしょうね。頼んでみましょうか」

「結構です」

早歩きの田上について歩く。二十メートルほど後ろには刑事もいる。

「ここ、いい町ですねぇ」

池上本門寺の、長い階段を眺めながら言った。

「静かだし、こぢんまりしているけど昭和な感じの商店街も素敵」

「だから、どこに……」

「プロトビジョンですよ」

帰国して以来、そこには足を向けることがなかった。会社はどうなっているのだろう？

「いま、どういう状況になっているんですか？」

「事実上、閉鎖されたままです。所属していた技術者もバラバラになりましたし。今は墓守みたいな人がひとり残っているだけです」

墓守というのが笑えなかった。

電車に乗って、ふと思った。

「さっき、どうして寝坊したのかと聞いたんですか？」

寝癖でもついていたのだろうか。

田上はつり革につかまり、すました顔で言った。

「今日は燃えるゴミの日だったみたいですよ。でも、玄関に置きっぱなしだったから」

「あっ！」

乗客がこちらを迷惑そうに見やった。

「なんでその時に言ってくれなかったんですか。まだ間に合ったかもしれないのに」

「来るときに清掃車とすれ違ったんで、もう無理かなって」

満面の笑みだった。

電車を乗り継ぎ、副都心(ふくとしん)線の北参道(きたさんどう)駅で降りた。

かつて通ったプロトビジョンに近づくにつれ、辻川を守れなかった罪悪感がいたたまれない気持ちにさせる。まるで自分が犯した犯罪現場に戻るような感覚だった。

山辺は、気になっていることを聞いてみた。

「もし知ってたらなんですけど、辻川さんの帰国は……」

辻川の遺体はまだアメリカにあると聞いていた。

「もう少し時間がかかりそうです」

「でも、変死でもないのに」

「別の理由なんです」

「それは教えてもらえないんですか?」

田上は考え込むような顔をした。

「秘密にするつもりはありません。あとで、お話しできるかもしれません」

向かいから、二匹のトイプードルを連れた女が歩いてきた。すれ違うと、山辺は目を細めながら振り返る。いかつい格好をしていても、かわいいものが好きなのだ——というフリだ。

だが犬にも女にも興味があったわけではない。さりげなく振り返って尾行者の有無を確認したかった。

自動販売機の陰からチャコールグレーのコートがはみ出ていた。

下手くそめ。

先を歩く田上は、もとより尾行を気にしていないようで、鼻歌交じりにプロトビジョンに足を踏み入れた。

ロビーにはもともと受付があるわけではなく、来訪者はポツンと置かれていた内線電話を使って担当者と連絡を取ることになっていたが、いまはその電話機すらなく、がらんとした空間になっていた。

美香はキーカードをかざしながら、ずんずんと先へ進んでいく。

窓がない建物であるが、どこも灯りが落とされていて暗い。休憩エリアにも、残されたものはなかった。

ここまでは入ったことはあったが、ここから先は未知だった。

「全部なくなっちゃってるんですね」

「ええ、ほとんどがオフィスレンタル屋さんからの借り物だったみたいなので」

ここまで物がないと、オフィスでもラボでもない。薄ら寒く、むしろ倉庫に近い雰囲気だった。

「ここはどうなるんでしょう」

「そうですね、辻川さんは相続について、以前から弁護士さんと相談していたみたいです。遺言状によると、会社の権利そのものはご家族の方が相続されるそうです」

「辻川さんにはご家族が？」

離婚歴があるということしか聞いたことがなかった。

「ええ、でも疎遠だったようです。弁護士から連絡を受けたばかりで、ご遺族の方も戸惑われているとのことでしたから、まだどうなるかわかりませんね」

廊下のつき当たりにカードをかざして重い扉をあけた。

右側は細かくブースが五つに仕切られてあり、既になにもなかったが、おそらく研究者の個室になっていたのだろう。

入ってすぐ左側にはソファーセットとホワイトボードが置かれていた。ようやく家具らしきものが見られたので、どこか安心した。

さらに扉があった。田上はそこをノックする。

男の声で返事が聞こえ、ドアがあいた。その人物には見覚えがあった。

枯れススキを思わせる頭髪は弱々しく、細くて柔らかそうだった。むしろ口の周りを覆う白髭の方が力強さを感じさせるほどだ。典型的な中肉中背で、黒縁眼鏡の奥から覗く人の良さそうな二重まぶたの目は、どこか山辺を気の毒そうに見ているようだった。

「門馬さん、おはようございます」

田上が名を呼んで、思い出した。門馬義男、辻川の共同研究者だ。挨拶は何度かしたことがあったが、立ち止まって話をするまでの関係ではなかった。他の研究者同様、いつも難しい顔をしていて、話しづらかった印象がある。

辻川とは大学の同級生で付き合いも長かったと聞いていたが、同じ時間を過ごしてきたとは思えないほど、趣味嗜好は異なっているようだ。着ているものは常に野暮ったいジャケットにタートルネック。今日なにを着るのか考える時間すら勿体ない、という研究しか頭にない大学教授といった趣だった。

徹夜続きで作業をしたかのように、充血していた目をしばたいた。

門馬は無言で頭を深く下げる山辺を見て、慰めにも聞こえる声で言った。

「ご無事でなりよりでした」

山辺はさらに頭を下げた。返す言葉が見当たらなかった。

「さ、こちらへ。これを見にいらしたんでしょう?」

案内されるままドアをくぐると、長机がならんだ黒壁の細長い部屋。壁にはガラスがはめ込んであり、レコーディングスタジオを思わせた。

田上がガラスの中を指さして言う。

「あれが、量子コンピューターってやつよ」

「奥が機械室で、ここがコントロールルームです。素晴らしいでしょう」

ガラスの向こうに、さらにだだっ広い部屋があり、巨大な箱が鎮座していた。高さ二メートル、幅三メートルほどの直方体で、奥行きはよく見えないが、やはり三メートル前後ありそうだった。奇妙なことに、そのコンピューターの周りを円柱状の水槽が覆っている。

その雰囲気もあってか、凄まじい能力を持つコンピューターという物々しさは感じない。白いシンプルなパネルで覆われており、這い回るケーブルやチカチカと瞬く無数のＬＥＤもなかった。

コンピューターと言われなかったら、水槽が囲っているので、生きた魚を瞬時に凍らせることのできる新型の業務用冷凍庫に思えたかもしれない。

「我々はＭＲＩという名前で呼んでいます」

「ＭＲＩ……？」

「Macrocosm Resource Inspector の頭文字をとっていて、辻川が命名しました」

英語が得意なのか、田上が流暢な発音で単語を解説した。

「マクロコズムは、全体系とか総体という意味があって、まぁ、宇宙的なスケールのことです。リソースは資源とか物質と訳されることが多いですが、秘められた力という意味もあります。そしてインスペクターはそれを確かめる人。辻川さんがこのコンピューターに込めた思いがなんとなくイメージできませんか」

今まで人類ができなかったこと、見つけられなかったことを見つけ出し、新しい世界を切り拓く。

山辺は辻川の顔を思い浮かべながら、そんなことを考えた。

しかし、脳裏にあるニュースの記憶が蘇り、山辺は笑みを引っ込めた。

「そういえば、セキュリティ会社社長に送りつけたメールの署名がMRIでしたね。MRIによってハッキングされた、と」

「そうです。まさにこいつです」

こいつです、とあっさり言われてもピンとこなかったが、徐々にことの重大さが分かってきた。つまり、こいつが——。

「ここからハッキングしたんですか?」

「そうです」

「そうですって、だれがそんなことを?」

門馬は銀縁メガネのブリッジを人差し指で上げた。

「辻川ですよ」

「えぇっ、でも、いったいなんのために」

「こいつの力を確かめるため、でしょうか」

「でも、まさか、それで辻川さんは……」

殺された？　とは聞けなかった。

「いったい、これはなんなんですか」

命を奪われるきっかけになったのだと思うと、むしろ腹が立ってきた。

まぁまぁ落ち着いて、と田上になだめられる。

山辺は大きくため息をつくと、代わりに清浄な空気を肺いっぱいに吸い込んだ。

「これが量子コンピューター……。まだだれもつくれなかったという」

門馬が説明する。

「厳密には、カナダの企業が世界初の量子コンピューターを販売していて、ＮＡＳＡやＧｏｏｇｌｅなどへの導入実績もあります」

「じゃあ別に……」

「しかし、そいつはある特定のエリアでは既存のコンピューターの数億倍の計算能力を発揮できるのですが、暗号解読に必要な素因数分解は苦手としています。それに対し、このＭＲＩは同じ量子コンピューターでも動作原理が異なるんです」

「よくわかんないですけど、それぞれの量子コンピューターには得手不得手があると？」

「その通りです。同じ量子の特性を利用しますが、その状態を生み出すにはいくつか異なる方式があり、なにがベストなのか研究者のあいだでも意見が分かれています。それによって特性が変わってくるのです」

そもそも量子がなんなのかがわからず困惑していた山辺を見て、門馬はコントロールルームを出ると、この建物内で唯一残されたソファーを勧めた。

それから山辺と田上が座った位置から見えやすいように、門馬はホワイトボードを引っ張ってきた。

「コンピューターの進化は小型化によるものだと言ってもいいでしょう。人類が月に降り立った時、アポロ11号に積まれていたコンピューターの能力は現代の電卓ほどだと言われています。NASAの管制室を埋めつくしていた巨大なコンピューターも、数年落ちのスマホにも及ばない」

ここまではいいか、と目を覗き込んだ。山辺は頷く。

「小型化とは、生産技術の発展に合わせて設計図を縮小コピーしていくことです。電子回路を小型化することで、同じ大きさであればより多くの回路を詰め込める。六〇年代から現在まで、そうやって能力を上げてきました。しかしそれが限界を迎えているんです」

「これ以上小さくできないということですか」

門馬は頷いた。

「大雑把に言うと、そういうことになりますが、小型化する生産技術そのものが限界を迎えた訳ではありません」

門馬はホワイトボードに一本の線を描いた。

「これが電子回路だとします。そして、これがトランジスタ」

線の真ん中に、門のような絵を書き加えた。

「トランジスタは単純なスイッチで、電流の流れを制御しています。オンとオフ。今のトランジスタは赤血球の500分の1ほどで、このケータイには……」

自分のスマートフォンを取り出した。

「数億個のトランジスタが使われています。小型化することでパソコンに匹敵する性能が手の平に収まっているわけです」

「なるほど」

「ただ、ある限界を超えて小さくしようとすると、奇妙な現象が発生するようになります。電流とは電子の流れでもありますが、その電子はトランジスタが回路を閉じていてもすり抜けるようになるんです。そうなると、もはや期待通りに動作することは望めません」

夜に寝ようと思ってスイッチを切っても電灯が点きっぱなし、みたいな感じだろうか。

「どうしてそんなことが？」

「ここから先は量子の世界。これまでの物理学が通用しない世界に、ついに到達してしまったのです」

　山辺はこれ以上ついていけるかどうか不安になったが、辻川の命を奪うきっかけになったのがこのコンピューターであるなら、理解しなければならないと思い、頷いた。

「量子の世界は未だに謎が多く、扱いも難しいのです。例えばデジタル信号は0と1の状態しかありませんが、量子は波の特性を持っていて、ある時は0である時は1でもあります。これはやっかいで、従来のやり方ではコントロールができません。しかし見方を変えると、これまで0か1の情報しか持たなかったものが、0でも1でもあるという曖昧な情報を持っているという捉え方もできます。この現象を逆に利用し、動作原理としたのが量子コンピューターです」

　生徒にその素晴らしさを伝えるかのように熱を帯びた門馬だったが、山辺の眉間の皺（しわ）は深くなる一方だった。

「えっと、すいません。そこからわかりません」

　山辺としては、そろそろこの辺りでよかったのだが、門馬は諦めなかった。どうすれば理解してもらえるのかと、額に人差し指を置いて考え込んでいたが、いいことを思いついたとばかりにパッと表情が明るくなった。

　そして、とっておきのプレゼントを見せたくて仕方がない、といった顔をしながら握った両手を突き出した。

「空からコインが降ってきていて、私がその中で両手を握ったとします。コインは入っていますか？　入っているとしたらどっち？」

入っていますかと言われても答えようがない。

「右？」

考えても意味がなさそうだったので思いつきで言ってみた。

「かもしれません」

手を開いた。左手に十円玉が握られていた。

「この瞬間、コインは左手だと確定しました。でも手を開くまでは五〇パーセントずつ、どちらの手にも存在していました。これが量子論の考え方です」

「えーっと、半分ずつ？」

「いえ、コインが半分ずつではなく、五〇パーセントの確率で完全なコインが同時に存在していたというところがミソです」

「かろうじて……いや、やっぱりわかっていないかも」

しかし門馬は止まらない。落第(らくだい)寸前の生徒に対し、救いの手を伸ばす教授のようだった。

「電球がひとつあったら、何種類の状態を表現できますか？」

「オンとオフだから、ふたつ？」

「正解です！　じゃあ電球がふたつならんでいたとすると、どうですか？」

両方オフ、片方オンのパターンがふたつ、そして両方オン……。

「四種類？」

「そのとおりです！　すごいじゃないですか！」

褒められると少し楽しくなってきた。自衛隊の教官とはずいぶんと違う。おそらく、門馬は根っからの研究者なんだろうと思った。

「ちなみに電球が四個で十六種類に増え、五個あれば三十二種類の情報を表現できます。ただし、どんなに電球を増やしても、たとえ壁一面を電球で埋め尽くしてスイッチでパチンパチンと切り替えたとしても、一回で表現できる情報は常にひとつです」

なんとなく頷いた。

「これが量子の世界では異なります。例えば、電球が四個の場合、表現できるのは十六種類でしたね。つまり0から15の中からひとつを選んで表示できる」

復習の部分だったので山辺は頷いた。このままついていける気がした。

「これが、量子であれば0から15の値を同時に持つことができます。つまり、一度に多くの情報を持っていると考えてください」

やはり……。

「すいません、やっぱりわかりません」

門馬は笑うと最後にこれだけは、とばかりに言った。

「先ほどのコインの話。手を開くまではコインは同じ確率で存在していましたよね。さらに言うと、右手に持っている場合と、左手に持っている場合、両方に無い場合と、両手に持っている場合で四つの可能性があったのに、手を開いた瞬間、ひとつの結果に決定されました。つまり手を開かなければ、同じ確率で四通りの結果を〝可能性〟として保持することができたのです。量子コンピューターはこの特性を利用します。可能性のある複数の計算が同時に行なわれていて、答えはそれぞれ同時に存在している。我々は計算を四回行なわなくても、すでに存在する四つの答えの中から、欲しい結果を引っ張り出せばいいのです」

山辺は、魔術でもかけられたかのように気が遠くなるのを感じた。

「我々の日常は選択の連続です。コーヒーを買う、買わない。買ったとしたら微糖かブラックか……などなど。無限の枝分かれをしていて、時に自らの選択を後悔することもあるでしょう。ですが、それらは自らが選択するまでは将来の可能性として存在していました。もしそれぞれの選択の結果をあらかじめ知ることができたら思い通りの人生を送ることができます」

もう付いていくことを諦めていたが、門馬は止まらない。助けを求めるように田上を見たが、苦笑するだけだった。

「ある組み合わせでどれがベストかを知りたい場合、まず総当たりで計算し、それから比較する必要がありました。量子コンピューターは一回の計算で全ての結果が出ている。といえばわかりやすいかな……」

門馬は申し訳なさそうに笑った。山辺を置いてけぼりにしているのを感じたからだ。

「まぁ、量子の世界には『わかったと言ってる間はわかっていない』という言葉もあります。いままで目に見えていた世界での常識が通用しません。実は我々も全てを知っているわけでなく、発見した特性を利用しているだけにすぎません。このコンピューターで量子自体の理解も深まるでしょう」

よくわからないだけに、その凄さもまったくピンとこなかった。

「しかし、やはりわからない。このコンピューターの素晴らしさはともかく、なぜ辻川さんは……襲われたんでしょうか」

田上が説得するような声で言った。

「その理由も、門馬さんのほうからお願いできますか」

門馬は、なにから話せばよいのか迷っていたようだが、やがて意を決したように口を開いた。

「これは、とてつもない力を持ったコンピューターです。人類にとって大きな躍進の鍵になる。ひょっとしたら宇宙の謎だって解けるかもしれない」

　ここでまた一呼吸おいた。

「しかし、物事には順序というものがあります。不用意に力を解き放ってしまったら、世界は混乱しかねません。ですので、私はこれと同じくらいの力を注いで、次世代のセキュリティシステムを開発してきました。守るところは守らないといけないんです。そうすることで、世界の研究者たちがこの能力を純粋な研究に使える。そう考えたんです。まぁ、政府のほうはどうかわかりませんがね」

　疑惑の視線を向けられた田上は、苦笑しながら首の後ろに手を当てた。

「辻川は好奇心の旺盛(おうせい)な人でした。少年のような、といってもいい」

　山辺は頷いた。

「しかし、その好奇心が違う方向に進んでしまいました」

「どういうことですか?」

「その能力を試したくて仕方がなくなったんです。『キメラ』というアルゴリズムを作り、暗号の解読に挑みはじめたのです」

「先ごろのサイバーテロが、そうだと?」

「ええ。そして圧倒的なパワーを見せつけた。一〇〇社のセキュリティをほぼ同時刻に解読してしまった。そして、あれはデモンストレーションでもあったのです」

「デモンストレーション？　誰に対してのですか？」

門馬は苦渋の表情を浮かべ、絞り出すように言った。

「ブラックマーケットです」

山辺は口を半開きにさせた。突拍子がなく、つながりがよくわからなかったからだ。

「ブラックマーケットって、どこの？」

「どこにあるのかはわかりません。だからブラックマーケットなんでしょうけど」

まぁ、確かにそうだ。実際に目にしたことはなく、それがどういうかたちで存在しているのかはわからなかった。

「どうにも仰っていることのイメージが湧かないのですが……」

ここからは田上が説明した。

「たぶん、山辺さんが耳にされているブラックマーケットは、違法ドラッグの取引であるとか、児童ポルノとか、一般人が興味本位で手を出すようなところじゃないですか？」

「そうですね、ニュースなんかで時々見ます」

「表層ウェブとか深層ウェブって聞いたことはありますか？　それぞれサーフェイスウェブとかディープウェブなんて呼び方をされますが」

まったく知らなかった山辺は、話の途中から首を左右に振っていた。

「じゃあ、インターネットで調べものをするとき、どうします？」

「えっと、検索します」

「ですよね。そこで表示される結果は表層ウェブと言われる領域のもので、全てのネット世界の五パーセントほどです。残りの九五パーセントは検索結果には表示されません。つまり、一見(いちげん)さんにはたどり着けないんです」

「なるほど。それが闇サイトとかブラックサイトとか呼ばれるやつですか？」

「そういうのも含まれていますが、深層ウェブ自体は違法でもなんでもなくて、情報保護の観点から、企業や研究機関が意図的に検索されないようにしているものが多いのです。これを物流市場に当てはめてみると、ブラックマーケットも似たような見方をすることができます」

ここ数時間の情報量が多すぎて、山辺の頭はパンクしそうだった。

「市場には売り手と買い手がいます。何かが欲しかったらお店に行きますよね。なかには小売りをしない卸売専門店もあります。ここは取引を行なう相手を決めているわけです。メーカーと独占契約を結んで、特定の販売店や企業にのみ販売するところもあります。政府御用達(ごようたし)のところもあるでしょうね。いずれにしろ、これらは目に見えます」

「目には見えないマーケットがあると」

「ええ。ですが、それとは根本的に異なるものです。それは世界規模の広がりを持ち、取引相手はテロリストから各方面の有力者や政府であることも。武器の分野であれば、扱っているのは拳銃とかそんなものではありません。ロケットランチャーとかミサイル。細菌兵器もあるかも。なにしろ、他からは目に見えないところにあり、規制が及ばない世界ですから」

「そんなもの、どうやって仕入れるんですか」

「様々です。どういう品揃えができるのかが、各マーケットの腕の見せどころになります。麻薬なんてトン単位の取引もあるくらいです。物理的なものだけじゃなく、要人の暗殺や、死体の回収っていうサービス業もあります。そして最近熱いのが情報分野です」

そんなことが起こっている？　ひょっとして田上は、陰謀論を掲げて不安を煽り、信者を増やす怪しいカルト集団のリクルーターではないかとも思えてくる。

「各国政権内のゴタゴタから軍事情報、スパイリスト。世界のリーダーたちはそんな情報を奪い合いながら駆け引きをしているのです」

なんてね、冗談よ！

と言ってくれでもすればよかったが、田上の顔は真面目だった。

言葉を失っていると、門馬が話を継いだ。

「辻川は、ＭＲＩなら欲しい情報はなんでも手に入れられるとアピールしたんです。ブラックマーケットから見れば喉から手が出るほど欲しい。辻川がアメリカに渡ったのは、その売り込みのためだったんです。殺されてしまったのも、組織に深入りしすぎたからではないかと……残念です」

山辺は愕然とした。

あの辻川が、ブラックマーケットなる怪しげな組織に自分の研究成果を売り込んだ？　そんなはずはない。辻川とは長い付き合いだといえるほどの関係ではなかったが、信頼に値する人間だと思っていた。

山辺はそのことを混乱の表情で訴えるが、そんな根拠のない感情など、事実の前には無意味だとばかりに話は続いた。

「ただ、辻川はこの量子コンピューターになにかしらの仕掛けを施していたようなのです。いまはいかなる操作も受け付けません」

「じゃあ、使えないってことですか？」

「その通りです。辻川が死んだ日、『起動にはキーが必要』とだけメッセージが表示されましたが、それっきりです」

山辺ははっとした。

「そのキーというのは？」

鍵を回すように手首を捻ってみせると、門馬は首を左右に振った。

「それがいわゆる物理的な鍵のことなのか、それともパスワードのようなものなのか、まったくわからないんです」

門馬は山辺の顔を覗き込んだ。

「あなたは多くの時間を辻川と過ごされ、最後まで一緒におられた。なにか聞いていらっしゃいませんでしたか？　さりげない会話の中にヒントがあるかもしれません」

「いえ、とくに心当たりは……」

田上が笑みを浮かべながら、まるで世間話でもするかのように言った。

「山辺さんは何者かに襲われたんですよね？　その連中もキーを狙っていたと」

「なんでそれを」

「こう見えてコネクションはあちこちにあるんですよ、私。それで、キーのことはなんと言っていましたか？」

「ただキーを渡せ、とだけです。いったい彼らは何者なんですか」

田上の目が、わずかに鋭くなった気がした。普段の柔和な笑みは演技で、本来は他を寄せ付けないような眼差しの持ち主なのだろうか。

「私たちが何気なく暮らしているこの世界、地図上に引かれている国境とは別の境界が存在しています。ブラックマーケットです。裏側では壮絶な覇権争いがはじまっていて、ＭＲＩはその勢力図を刷新できる能力があります。つまりＭＲＩを押さえたものが裏の世界を制覇できるといっても過言ではないでしょう。しかし量子コンピューターはいずれどこでも開発される。だから対抗者がいない今がチャンスなんです」

山辺は無粋(ぶすい)な壁を指さした。その先にはＭＲＩがある。

「それだけに、これを必死で奪いに来ると？」

「はい。先ほども言った通り、ブラックマーケットが扱うものは通常にあらず。武器や傭兵など、必要なものは全部持っている」

山辺を襲ってきた者は、所持していた銃から考えてもただ者ではない。ブラックマーケットから送り込まれた刺客(しかく)、というわけか。

「そして誰もが、あなたがキーを持っていると思っている。だからキーを知らないかと尋ねてくる」

そんなことを言われても心当たりがないものは仕方がない。

「山辺さん。……さっきの話ですけど」

多くの情報があって、『さっき』というのがなにを指しているのかわからなかった。

「辻川さんのご遺体の件……です」

空気が沈み込む。

「アメリカがなぜ遺体を日本に戻さないのか」

山辺は理由を理解して、深いため息をついた。

「それも、キーのことがあるからなんですね……」

「その通りです。日本に返還し、ご遺族が火葬したあとに、もし、キーが辻川さん本人に隠されているとわかってもどうにもできない」

「そんなことってあります？」

「キーがなんなのかまったくわからないから、それすら否定できないでいるんです」

「じゃあ、アメリカの当局も動いているということですか」

「そういうことだと思います」

山辺はやるせない思いで、いまは扉の向こうにある巨大なコンピューターの方向に視線を置き、ふと疑問が湧いた。

「でも、あれって盗めますか？」

門馬がきょとんとする。

「つまり物理的にです」

「え、ええ。不可能ではありませんけど、難しいでしょうね。運び出すためには分解しないといけませんし、重量も相当なものです。それに外部からのノイズの影響を受けないように水槽が周囲を覆っていますが、あの純水を排出するだけでも大変です。それと、表には出ていませんが、床下にレーザー発生装置と配管が通っていて、隣室の変電装置につながっています。さらに温度管理用の温冷水パイプも走っていますので、移設するためには数ヶ月前から準備をしなければならないでしょうし、持っていった先で動作するかどうかは保証できません」

「それなら、どうしてキーが必要なんでしょうか」

「というと？」

「連中はこいつの力が必要なんですよね。ここを占拠するつもりならともかく、キーだけあっても意味が無さそうですが」

田上がもっともな質問だと頷いた。

「理由はふたつ考えられます。ひとつは、キーを手に入れようとしている者が必ずしも使う人間だとは限らないということです」

「どういうことですか？」

「懸賞金です」

田上は山辺を指さした。

「は？」

「キー無しでは動かないのなら、キーを押さえてしまえば、少なくとも対抗するマーケットにアドバンテージを取られる心配はない、と考えるブラックマーケットが、懸賞金をかけてあなたを追わせているとかね。それとは別に情報を聞きつけたフリーの傭兵なり、犯罪者なりが手に入れてブラックマーケットと我々の双方に話を持ち掛け、高値を付けさせるかもしれない」

「じゃあ、キーをここに売りつけに来ると？」

今度は門馬が頷いた。

「可能性はあるかもしれません。厳密には違いますが、似たようなケースを研究者仲間から聞いたことがあります。ハッキングによりコンピューターをロックし、解除してほしくば金を払えと脅迫する。一種の身代金です」

「なるほど……」

「もうひとつの可能性は遠隔操作です」

「キーがあれば外部からＭＲＩを操作できると？」

「その通りです。ここを占拠しないのはその必要がないからなのかもしれません」

「そんなの、コンセントから引っこ抜いてしまえばいいじゃないですか。そうすればサイバーテロは起きない」

ブリキの箱を指さしながら、ヤケクソで言うと、門馬が両の手の平を振る。

「いやいやいや。普通のパソコンやスマホとは違います。そんなことをしたらゼロからのスタートどころか、実質的には数年のビハインドになります。さらに大切なものを失ってしまう」

「なんです？」

「私が研究している次世代のセキュリティです。量子コンピューターでも突破できません。このプログラムもまた、この量子コンピューターでしか作れない」

「つまり、量子コンピューターは自分が突破できない壁を自ら作らされていたわけですか」

「まったくその通りです。ですが、不用意にその力を解き放てば、ただの怪物です。安心できる仕組みがあってこそ、量子コンピューターは社会の中でその能力を自由に使える」

山辺はため息をついた。

「しかし……辻川さんは金を得るためにそんな仕掛けをしたと？」

辻川の行動が金目当てだというのが、どうしてもしっくりこなかった。

「真相は分かりません。辻川は自分がキーを持っている限り誰も手が出せないと思ったのかもしれませんし、自分の計画を邪魔されないために我々からコントロールを奪い、場合によっては身代金を要求するつもりだったのかもしれません」

「自分の会社にですか？」

門馬は首を振った。

「たとえば、大金を援助したものの巨大な置き物と化しているのを見ていられない日本政府かもしれません。他国に対して優位な立場でいられるのなら安いかもしれませんし、ブラックマーケットから見たら、いいお客さんだ。ね、田上さん」

門馬が意味ありげに田上を見た。つられて山辺も怪しむような目を向ける。

「田上さん、政府はブラックマーケットのお得意さんっていうことですか？」

「違いますよ！」

慌てて両手を振って否定して見せる田上に、門馬が勘ぐるような声で言った。

「いま各国政府は量子コンピューターの開発に多くの予算を割いています。日本は欧米並みとは言えないまでも、これまでと比較すれば大きな予算を回すようになった。もう少し前なら我々も助かりましたが」

「え、ええ。それが、なにか？」

「いえね、こういった事業を援助するのは、大抵は文部科学省です。しかし田上さんは内閣府とおっしゃるのがちょっと不思議で」

田上はますます居心地が悪そうな顔をした。

「それに、資金は辻川が管理していましたのでよくは分かりませんが、政府、特に内閣府という話をこれまで聞いたことがなくて」

「えっと、まぁ、あまり大きな声では言えないこともありまして」

明らかに動揺していた。

「とりあえず、いまなにが起こっているかはご理解いただけましたか？」

突然、山辺に話を振ってきた。

「はい。いや、どうなんだろう。まだ混乱しています」

どこまで信じていいのかわからない。事件のことも、田上のことも。

「ですよね」

すべて理解していますよ、という顔を向けた。

「あなたは辻川さんを信じていらっしゃったのでしょう。そして責任を感じてもおられる」

山辺は奥歯を嚙んだ。

「自分がその場にいれば、ひょっとしたら違う結果になったかもしれない。そう考えたら誰だって責任を感じますよ」

悔しさと、申し訳なさと、無力さ。様々な感情が混ざり合った複雑な思いに潰されそうになることもある。

「そんな状況で申し訳ないのですが、山辺さんにはお願いがあるんです」

「なんですか？」

「一緒にキーを捜してもらえないでしょうか。キーもしくは、キーを知る人をブラックマーケットよりも先に見つけ出して、保護しなければなりません」

山辺は呆れながら首を振った。

「どうして私なんですか。私は巻き込まれただけで関係ないんですよ」

山辺は立ち上がった。

「これ以上、やっかいごとに関わるのは嫌ですし、そんな義理もありません。裏の世界がどうとか興味もない」

辻川がなにをしようとしたかなど、知りたくもなかった。

「失礼します」

田上に背を向け、ドアに歩き出す。

「でも、もう関わっちゃっているんですよね」

田上の声を背中で聞く。無視して立ち去ればよかったのに、山辺の足は止まってしまう。

「は？」

「あなたを狙った連中がこのまま黙って引き下がるとでも？」

「また返り討ちにしてやりますよ」

軽口を叩いてみたが、それはそれで気を抜けない日々を送るはめになる。

「あなたに返り討ちをされ続けたら、次は弱みを突いてくるかもしれませんよ。たとえばご家族とか」

「なにを……」

しかしその通りだ。相手の弱点を突くのは戦いのセオリーだ。

それでも山辺はドアを開けた。一度関わってしまえば、違う世界に行ったきり、戻ってこられないような気がしたからだ。

　また、田上が呼び止めた。

「入室にはカードが必要なので、これを持って行ってください」

　セキュリティカードを差し出した。まるで、戻ってくるのはわかりきっている、と言うように。

　にっこりと笑うその顔も、いまは疑ってしまう。その笑顔の裏にはなにが隠されているのか。

　ロビーまで出てきた山辺は、携帯電話を取り出し、電話帳をスクロールさせる。

　そして躊躇（ちゅうちょ）した。

　元妻の朋美（ともみ）と話すのは二年ぶりだ。

　なぜ別れたのか。いまとなってはよく分からない。浮気でも喧嘩（けんか）でも、なにかひとつの大きなことであれば、原因がはっきりしている分、まだ修復はできたと思う。

　小さな行き違いがふたりの距離を離していき、気づけば会話をすることがなくなり、山辺は帰らなくなることが多くなった。仕事にかこつけていたが、朝霞のネットカフェや駐屯地内の仮眠室を使っていただけだった。

　今さらなんの用だと思われるだろうが、話さないわけにはいかない。

　躊躇するような長いため息を吐（つ）いてから、山辺は通話ボタンを押した。

　呼び出し音が数回くりかえした。

『もしもし……？』

　訝(いぶか)しむような声。

「えっと、俺だけど」

『……はい』

　なにから話せばいいのか。

「えっと……」

『また養育費が遅れるってこと？』

「いや、そうじゃなくて。……裕樹(ゆうき)は元気か？」

『ええ。元気だけど』

　声にはまだ警戒の色が滲(にじ)んでいる。

「お前は、変わりないか？」

『ええ。山辺さんも元気そうね』

　元夫を苗字(みょうじ)で呼ぶということに、ふたりの関係はもう揺るがないのだ、という意志を感じた。

「最近、困ったことはないか」

『いえ、ないけど』

朋美は言葉の裏をつかもうとしているようだ。

『ねぇ、なんなの？』

とりあえず、なにか切迫した様子はなさそうだ。むしろ、山辺がこうして電話をしていることのほうが迷惑そうだ。

山辺は明るい声に切り替えた。

「いや、すまんすまん。最近、母子家庭を狙った不審者が出るってことで心配になっただけだ。もし、なにか気になることがあったらすぐに連絡してくれ」

『なによ、それ』

「いや、そういうことだ。もう行かなきゃ。じゃあ――」

『あ、あのね』

「どうした⁉　なにかあったか？」

『うん、こんど話せる時間ある？』

「あ、ああ。どうした？」

『ううん、その時に。また連絡するわ』

通話が終了した携帯電話の画面がブラックアウトすると、冴えない顔をした自分の顔が映る。

とりあえず、いまは問題なさそうだ。だが、一般市民、しかも母子家庭など、襲おうと思えば簡単にできるだろう。前兆がないからといって安心材料にはならない。

山辺は手元にある選択肢について思索をめぐらせてみた。

たしかにあの連中がこのまま引き下がるとは思えない……。

別れた家族を思い浮かべる。息子の裕樹は六歳になる。妻にも子にも、胸を張れるようになるまでは会わないと意地を張っていたが、そのまま二年が過ぎていた。

その家族が狙われる……。

もし人質にされたとする。その時、田上ら政府は助けてくれるだろうか。キーを持たず、その捜索にも力を貸さなかった人物など、取引に応じるメリットはないと思わないだろうか。

ならば、守る方法は自分がそばにいるしかない。辻川のようにはさせない。だが、根本的に原因を断てなければ、いつまでつづくかわからない。

くそっ！

山辺は踵を返し、ミーティングエリアに戻ってくると、田上は共感の笑みを湛えながら待っていた。

「キーを見つけられれば、連中はこれ以上捜すのをやめるはずです。終わらせるにはそれしかない」

山辺は首を横に振った。

「キーを手に入れたら、よけいに狙われるんじゃないですか？」

「キーを手に入れて、そのまま持っていたら、そうなるでしょうね。だからキーを手に入れたらすぐに使えばいいんです」

「どういうことです？」

「キーはMRIを起動させるための権限のようなものです。それは先に手に入れた者だけが使えるから、いま、みなが躍起になっている。我々のゴールは、キーを手に入れてMRIを完全に管理下におくこと。そうすればサイバーテロを防ぎ、対抗するセキュリティも構築できる」

「しかし、動いたら動いたでここが狙われるのでは？」

「ここになぜ警備の人間がいないのかわかりますか？」

「いいえ。それ、不思議でした」

世界を変えるようなコンピューターは狙われそうだ。

「まず、今の段階でここを占拠しても意味がありません。動かないから」

田上は、まぁ座れと促し、山辺もそれに従う。

山辺は頷いた。

「でも起動したあとなら？　こんなパワーを持っているなら欲しいと思われるかもしれない」

「その通りです。しかし我々が先にキーを手に入れてセキュリティシステムを完成させてしまえば、ＭＲＩも奴らにとって意味はありません。現在、スーパーコンピューターを持つ大学や研究機関が襲われたって聞いたことがありますか?」

「ない、ですね」

「それと同じです。金にならないなら意味がないんです。ブラックマーケットをあげて宇宙の謎を解きたいというのなら話は別ですが」

田上は山辺に膝を向けて座り直した。

「ブラックマーケットは言うなれば究極の営利団体です。ヤクザやテロリストのように大義名分や義理人情、報復では動かないんです。純粋に、そこに利益があるかどうかだけです」

「誰も持っていないキーだから金になる、と」

「そういうことです」

「でも、本当に私はなにも知りませんよ」

「あなたは捜査のノウハウをお持ちです。それを生かしてほしいんです」

「それなら警察に徹底的に捜査をしてもらえばいいじゃないですか」

「それが、そうもいかないんです」

今度は門馬がうなだれた。

「警察の中にもキーを追っている者がいるようなんです」

「そんな！」

「もちろん警察すべてが悪の手に染まっているわけではありません。ただ、ブラックマーケットは様々なコネクションを持っていますし、偽の情報を提供して警察を誘導することもできる」

山辺ははっとした。恒川刑事は、タレコミによって得られた情報をもとに動いているようだった。あれもそうだったのだろうか。

松井は、時間が経てば誤解も解けると言っていたが、連中は次から次に情報を捏造して山辺を追わせることくらいできるかもしれない。

「田上さん」

山辺は、いつの間にかうなだれていた顔を持ち上げた。

「あなたはあちこちにコネがあると言われてましたね？」

「ええ、まぁ」

「笹山朋美――別れた妻です。息子は裕樹。いまは高円寺に住んでいます」

「存じております」

「保護できますか？」

「見回りから身辺警護まで、どのレベルでも手配できます」

「わかりました、キーを捜しましょう」

それだけではなく、山辺は知りたかった。辻川がなにを考えていて、そしてなぜ殺されたのかを。

キーを捜すことは、自分の贖罪（しょくざい）の旅でもあるような気がしていた。

第四章

ほうぼうにコネを持つ田上、コンピューターの知識を持つ門馬、そして捜査能力を持つ山辺。プロトビジョンを本拠地とした奇妙な〝キー〟捜索チームが動き始めた。

しかし、いざキーの捜索を始めようとしても、そのキーがどんなものかを知る者がいない以上、どこから手をつければいいのかわからなかった。

「見つけるといっても、どんなものなのかわからなければ捜しようがない」

意気揚々(ようよう)と三人並んで一歩を踏み出したものの、次の足を出せないでいる。そんな状況だった。

確かなことは、山辺自身が辻川からなにかを預かっているわけではないこと。山辺をつけ狙っている襲撃犯は、山辺が持っていると思い込んでいること。そして、誰かが手に入れるまで、それは続くということだった。

「それがどんなものであれ、辻川が渡すとしたら、その相手はよく知っている人物で、信頼のできる者だということになりますよね」

門馬が言い、山辺は頷く。

「普通はそうですよね。そういえば辻川さんには家族がいたということですが、そちらの線はどうですか？」

田上は予め調べていたのか、手帳を開いてページを何枚かめくったものの、結局は暗記していたようで、視線を天井に向けながら言った。

「二十年前に離婚していたようです。元妻の睦美はピアニストで、離婚後にイギリスに渡って再婚した後、三年前に亡くなっています。辻川との間には娘がいたけど、彼女は再婚相手とは合わなかったようで、アメリカの大学に進学し、アメリカ人と結婚。ずっと疎遠でその結婚式にも呼ばなかったくらい」

「プロトビジョンを相続したというのも、その娘さんなんですか？」

「ええ。でもずっと連絡を取っていなくて、父親の記憶なんてほぼ消えかかっていた頃に遺体確認で呼ばれて、まだパニック状態になってるみたい。今後どうなるのかなんて、簡単には決まらないでしょうね」

確かに、遺族にとってみたら青天の霹靂といえるかもしれない。

「辻川さんが娘さんになにかを送ったような形跡は？」

「ないですね。ここ二十年で言えば、コンタクトはまったくない」

家族以外で信頼を置けるとしたら、あと考えられるのは。

「門馬さん、辻川さんの交友関係はどうでしょうか？」

「日常的に会っていたのはうちの研究者くらいじゃないでしょうか。でもそんな信頼関係をもっているかどうかはわかりませんが……」

「みなさんは、いま？」

「ほとんどは別の研究所であるとか、企業に移っています」

山辺には意外に思えた。

プロトビジョンの今後の経営が不透明であることを不安に感じる気持ちも分からないでもないが、辻川が襲われて一ヶ月も経たないうちに転職してしまうのは、ずいぶん早くないだろうか。

山辺は義理人情に厚い。古臭いといわれようとも、人間として決して間違っていないと思っている。それに対して、科学者というのは割り切った考えをしていて、メリットがなければ去る。そういうものなのだろうか。

山辺のそんな気持ちを察したのか、門馬は申し訳なさそうな顔をして言った。

「いろいろと事情があったんです。実は……」

ためらったあとに続けた。

「ブラックマーケットとか、怪しげな組織との関連を恐れて……すいません」

門馬は肩を落とし、研究者を代表するように謝った。ひとがいいというか、生き方が不器用なのかもしれない。

「わかりました。では、リストをお願いできませんか。念のため、当たってみましょう。あとは辻川さんの自宅ですね。なにか残っていないかどうか」

「それは警察が調べているはずですけど」

田上が先回りして口角をあげる。

「はい、そっちも当たってみますね」

いったい、どんなコネを持っているのだろう。

山辺は門馬とともにかつての研究員たちに話を聞いてみることにした。リストには八名の氏名があげられているが、北海道とフランスの研究所にそれぞれ一名が移籍していて、関東圏に残っているのは六名だった。

この六名については直接訪ねることにした。

都内で三名。横浜、大宮で一名ずつ話を聞いたところで一日が終わった。

ここまでのところ、辻川は誰にも気さくな態度で接していたようで総じて評判はよかったが、プライベートまで付き合いのある者はいなかった。また、なにかを預かっているとか、再起動させる手順を聞いた者もいなかった。

残るは筑波。翌朝九時、秋葉原からつくばエクスプレスに乗って筑波学園都市へ向かうことになっていた。

山辺は、起床すると、まずカーテンの合わせ目を指で僅かに押し開きながら、呑川沿いに目を走らせた。それからトイレに入ると、便器を跨いで小窓の隙間から裏の空き地の様子を覗う。最後は玄関だ。ゆっくりと開け、向かいのコインパーキングに目をやった。

——いた。

外階段の格子を通して、シルバーのセダンが見えた。ウインドウは曇っていて車内は窺い知れないが、刑事たちが乗っているのだろう。

ここ数日間は、車を停めっぱなしにしていて、山辺を尾行するための前線基地となっている。

数人でローテーションをしているようだが、きっと、男臭さにドーナツとコーヒーの匂いが混ざった、不健康な空気で満されているのだろう。

刑事を引きつれたまま、門馬と共に電車に乗り、四十五分ほどで到着した。

改札を抜けたところのスターバックスで待ち合わせることになっていたが、山辺と門馬が電車を降り、エスカレーターを上がると、改札の向こうから門馬を呼ぶ声がした。その男に手を上げて応えた門馬が言った。

「あれが藤井です」

年齢は五十五歳と聞いていたが、実年齢よりも若く見えた。スキージャケットのようなカーキ色のコートを着て、同じ色のミトンの手袋をした手を振っている。着膨(ぶく)れしているのか、宇宙服を着ているように思えた。

注文したカプチーノが出てくるまでの間に自己紹介をした。藤井は門馬の後輩にあたるようで、いまは自動運転車の研究をしているらしい。

はじめまして、と山辺は言ったが、藤井は柔らかい笑みを返した。

「プロトビジョンでお見かけしていたんですが、お話はしたことなかったですね。だって――」

藤井がカウンターでコーヒーを受け取る。

「山辺さんはいつも厳しい顔をされていたから。なんだか別世界の人に思えて、なかなか話しづらいというか」

「すいません」

「いえいえ、悪い奴を寄せ付けないのがお仕事ですからね」

三人は席に座ったが、ここは地階であるとはいえ、地上から流れ込む空気が、階段を駆け下りては吹き抜けていく。しかも東京よりも空気自体が冷たい気がした。

「今日はお忙しいところ申し訳ありません」

山辺は言った。

「いえいえ。こちらこそ、こんなところまで。それで辻川博士のことと言われましたか？」

「はい」

　いったん門馬と顔を見合わせた。門馬は山辺に話を任せたようだ。

「どうお伺いすればよいのか私自身、よくわかっていないのですが、キーと聞いて思い当たることはありませんか？　ＭＲＩを起動させるためのものらしいのですが」

　藤井は意外そうな顔をした。

「動いていないんですか？」

「はい。そのためにキーというものが必要なようなのです」

　ここで門馬が話を継いだ。

「私が最後に見たのは、『起動にはキーが必要』というメッセージで、それ以降、一切の操作を受け付けないんだよ」

　藤井は腕を組んで首を傾げた。

「なんだろう。でも、あれは自分では電源を切れませんよね？」

「そうなんだが、なんの反応もない」

「でも、電力が供給されているかぎり、内部では辻川博士のＡＩは生きているはず」

「と言いますと？」

山辺は置いていかれまいと口を挟んだ。

「量子コンピューターはいまだに人間の手に余るものです。我々は量子の振る舞いのなかでわかっていることだけを利用しているにすぎません。ですので、時として理解不能な動きをすることがあります」

山辺はカプチーノを口につけながら頷いた。

「辻川博士はそれをAIに学ばせて、そういった不測の事態に対処させようとしていました。だから、MRIの中には博士のAIが常駐（じょうちゅう）しています」

門馬が頭をかいた。

「つまり、MRIが操作を受け付けないのはAIの意思だと言いたいのか？」

「はい。キーというのがなんなのかはわかりませんが、アプローチすべきなのはMRIのハードウェアではなく、AIのほうなのかも」

門馬は眉根（まゆね）をくっつきそうなくらいに寄せた。

「確かに、ありえるな。辻川はAIになにかしらの命令をしていたのかもしれない」

携帯電話の着信音がなった。藤井は分厚いコートを弄（いじ）って、携帯電話を取り出し、耳に当てながら席を立った。

その間に山辺は聞いた。

「どういうことなんです？」

「ややこしくなったということです」

門馬は苦渋の表情を浮かべる。

「キーというのが物理的なものならまだわかりやすいのですが、辻川のＡＩが介在してくるとなると、なにがキーなのか可能性は無限に広がる」

山辺の困惑顔を見て、門馬は補足した。

「もし辻川が、ＡＩに命じてある条件が満たされるかを監視させているとしたら？」

「それって」

「例えばあの子」

スターバックスの店員を目で示す。二十歳くらいの可愛らしい女性だ。

「彼女が彼氏と別れる」

「は？」

意味がわからない山辺に、門馬はさらに続けた。

「つくばエクスプレスが脱線する、政権が交代する、南北朝鮮が統一される、誰かが死ぬ」

「門馬さん、どうしました？」

徐々に声を荒らげていた門馬を見て、気が触れてしまったかと心配になった。

門馬はコーヒーを飲んで、そして絶望的だというように両手で顔を覆った。その手の奥からくぐもった声が聞こえた。

「つまり想像もつかないということですよ。AIに与えられた再起動のきっかけというのが特定の事象だったら、ね」

ここで顔を上げた。長い間、息を止めていたように大きく息を吸い込んだ。

「辻川の思考を理解しなければ無理だ。そんなの」

AIはMRIの中で動いていて、起動させる条件が整うのを見張っているのか。

「すいません」

電話を切った藤井が困り顔で戻ってきた。

「もう行かなくては。自動運転車がテスト中に事故ったみたいで」

山辺は立ち上がって頭を下げた。

「いえ、こちらこそありがとうございました」

キー捜索が困難を極めることが諦め切れないのか、テーブルを見つめたまま動かない門馬に藤井が言った。

「門馬さん、失礼します」

門馬は、魔法が解けたカエルのような顔を上げた。

「あ、ああ。今日はすまなかったな」

改札の前で、藤井はもう一度頭を下げた。

「門馬さん、逃げ出すようなことをして申し訳ありません」

「いや、君のせいじゃない。辻川が妙なところと関わってしまったのが原因だ。我々科学者は、自分の力を生かせる場所にいるべきだ。命をかけてまでやるもんじゃない」

帰りのつくばエクスプレスは空いていた。

「みなさん、すぐに転職先が決まってよかったですね」

いままで話を聞いた研究者の受け入れについては、門馬が積極的に動いたおかげだと言っていた。

「本当はね、もっと条件のいいところとかを紹介したかったのですが、なかなか難しくて。実は研究員も大変なんですよ。収入が多いわけでもないのに、実験が気になって休日をつぶすこともある。まるで好きなことを人質に取られているようなものです。研究を中心に日常が回っているので、生活は大変です。特に家族がいればなおさらです」

「門馬さん、そういえばご家族は？」

「私？　いやいや、生涯独身です。研究と結婚したようなものですよ」

門馬は自虐的に笑ったが、山辺には羨ましく感じることもあった。生涯を打ち込むべきことを見つけたのだから。

いまの自分はどうだ。なにかひとつのことをやり遂げただろうか。人に胸を張って言えることがあるだろうか。

　自衛隊も退官し、身辺警護にも失敗した。

　それに対して門馬は揺るぎない軸(じく)のようなものを持っているようで、それが羨ましかった。

「門馬さんはどうしてこの世界に？」

　門馬はいい思い出にひたるような柔和な顔つきになった。

「今から二百年ほど前のことです。トーマス・ヤングという物理学者が不思議な実験結果を発表しました。干渉縞(かんしょうじま)とか、後に二重スリット実験とか呼ばれるものなんですが、これを中学生の時に知って、私はこの道に入ったのです」

　ガラガラの電車、門馬は周囲を見渡して少しはにかむような顔をした。

「覚えていますか？」

「え、なにをですか？」

「干渉縞とか二重スリット実験。理科で習いませんでした？」

「いいえ。いや、やったのかもしれませんが……」

　これっぽっちも記憶になかった。

　門馬はメガネを外し、反対側の窓を眺めながら言った。

「これが不思議なんですよ。コインの件、覚えています？」

「手を開くまでは四つの可能性が同時に存在しているっていうやつですか」

「そうです、そうです。手をひらいた瞬間、可能性は結果に変わります。その量子の不思議さに魅せられた実験なんです。たとえば、壁の前に厚紙を置いて、カッターナイフで縦に一本、細長いスリットを空けます。それをライトで照らすと、壁にはどんな模様が映ると思いますか？」

「え？　縦線？」

「その通りです。縦に一本、明るい線が映ります。じゃあ、スリットをふたつにしたらどうなると思います？」

「明るい線が二本ですよね」

門馬は子供が悪戯（いたずら）に成功した子供のように、してやったりという顔をした。

「それが違うんです。実は縞々（しましま）模様が現われるんですよ。これを干渉縞といいます」

「へー、不思議ですね」

「波であればこういう模様になるのは納得できるんです。実際、プールで実験してみると、ふたつのスリットを通り抜けた波は放射状に進みますが、隣り合った波紋と重なって、強めあったり弱めあったりします。結果、干渉縞がつくられます」

「では、光は波みたいな性質を持っていると？」

「そのとおりです！」

門馬は落第寸前の生徒から思わず答えを得られたかのような顔をした。

「肉眼で見ているとわかりませんが、光はきっと波の性質を持っているのだろうと当時の学者たちは考えたわけです」

「当時の？　今は違うんですか？」

「実は、よけいに分からなくなったんです」

愉快そうに笑った。

「時が進んで実験環境も進化した現代、違うアプローチでこの実験を行ないました。光を連続的に当てるのではなく、電子をひと粒ずつ発射してみることにしたのです。ひと粒なので水の実験のように他からの影響を受けません。これを何回も繰り返してみたところ、どうなったでしょう。穴の空いた板にボールを投げるところをイメージするといいかもしれません。あるボールは右のスリット、あるボールは左に、あるものは壁にぶつかる」

「他の影響を受けないのであれば、まっすぐ飛びそうですよね」

門馬はうんうん、と頷く。

「何回も繰り返せば、二本にまとまりそうな気がします」

にっこりと笑った門馬の顔に山辺ははっとする。

「まさか、縞ができるんですか」

「その通りです」

「でも、おかしくないですか」

「そうなんですよ。おかしいんです。でも、これを聞いたらもっとおかしく感じると思いますよ」

門馬は、はす向かいに座るサラリーマンがこちらをちらりと窺ったのを見て、はしゃぎすぎたかと反省したように、やや声のボリュームを下げた。

「ある学者は、電子がスリットを通過する様子を確認するために観測機器を置いてみることにしました。すると、そのとたんに干渉縞は消え、二本の線に変わりました」

「えっ？　その装置に電子がぶつかって……とか」

「いえ、ただ見ていただけで、電子の動きには一切影響を与えていませんでした。つまり、観測するという行為そのものが結果に影響を与えているんです」

「まるで、電子が見られていることを知って、おとなしくしたみたいですね」

冗談めかして言ってみたが、門馬は満足そうに頷いた。

「まさにその通りなのです。見られているかどうかで結果が変わる」

どこかで聞いたことがある、と思った。

「あれ、確かコインの時も」

「そうです！　両手を握っている間は、四つの可能性が重なっていましたよね。そして手を開いた瞬間、可能性は消えひとつの結果として姿を現わしました。ここでいう可能性は、スリットを通らない、右を通る、左を通る。通るにしてもスリットの上なのか下なのか、たくさんあります。放たれた電子はスリットの直前であらゆる可能性に分裂し、スリットを通過後、お互いの可能性が波のように影響を与えながら〝結果〟として収束した、としか説明ができません」

「まったく想像が追いつかないです」

「飛んでいくのはただの電子の粒ではなく、あれは可能性なんです。可能性は、見た瞬間に可能性ではなくなる。だから観測した時には干渉縞は消えたんです」

「ほとんど理解していませんが、不思議というか。いや、でも不思議としか言葉が見つからない」

「ええ、不思議でしょう！　それでいいんです。これが量子の世界。我々の世界の法則が通用しない世界なんです。そのよく分からない不思議な現象に魅せられてこの世界に入り、辻川と大学で出会いました。天才だと思いました。そして、あらゆる可能性の揺らぎを利用して動くのがＭＲＩなんです」

山辺の脳はすでに沸騰（ふっとう）していた。

ただ、その不思議な力を持つコンピューターがこれからたくさん出てきたとき、この世の中はどうなってしまうのだろうかと、ぼんやりとした不安に襲われた。

「プロトビジョンはどうなるんでしょうか」

「さぁ、辻川の娘さんがどうするのかにもよるでしょうね。父親にも会社にも思い入れがないのなら、別の会社に売却するかもしれない。いや、結局は田上さんが握っているのかな。予算がつけば、どこかの機関が引き取るんじゃないでしょうかね。今は金の都合をつけているところだと思いますが、動かないコンピューターに対して予算を確保するのは難しいでしょうから」

田上がキーを追っているのはそのためもあるのだろう。

「ところで、田上さんとは以前から面識が？」

「いえいえ。事件後にふらっと現われたんです。でも、なんだか怪しい」

「このプロジェクトは嘘だと？」

「いえいえ。キーを捜すのとは別に、なにか秘匿任務を負っているような気がします」

門馬はなかなか疑り深い性格のようだ。神経質というよりは、子を守る親猫のように警戒心が強いという印象だった。

「門馬さんが引き継げばいいのでは？」

「まぁ、キーが手に入れば予算もついて、そしたら下っ端で使ってもらえるかもしれませんが」

「そんな。辻川さんの右腕だったんですよね」

「それは金を出す人が決めることです。私は金勘定や政治的なやりとりが苦手で研究しかしてこなかったし、私レベルの科学者は他にもたくさんいる」

「でも、経験とかあるじゃないですか」

「そこが自衛隊と違うところですよ」

「というと？」

「例えば、射撃や格闘などの技術は自分自身で積み重ねて習得していかないといけない。それこそ血のにじむ努力をしてね。でも科学者は違う。先人の血のにじむような研究の成果も、神田小川町(かんだおがわまち)の古本屋に行けば百円で手に入る。いや、ネットなら無料だ。先人に感謝することもない。私の研究もそうなんです」

門馬の横顔を見てなにか辛いことでもあったのだろうかと思ったが、山辺には研究畑は想像もつかない世界で、言えるとしたらひとことだけだった。

「すくなくともいまは、ＭＲＩの唯一の理解者ですよ」

いまはね、と門馬は笑った。


北参道駅に戻ってくると、山辺はコーヒーを買うために、いったん門馬と別れた。カプチーノで両手を温めながら、葉を落とした銀杏並木を歩く。

いかに自然に背後を窺うか。いくつかパターンはあるが、何かに目を奪われるフリをするのが、山辺の中では最もポピュラーだ。

　女や車は、男が目を奪われて足を止めたとしてもおかしくないし、すれ違いざまに肩がぶつかり、振り返って背中を睨みつける、という演技をすることもある。

　今回は、ガラス戸に張られた「詩吟教室」のＰＯＰに興味を持ったという体だ。いったん通り過ぎてから、まるで体にゴム紐が結ばれていたかのように戻ってくる。

　この間、さりげなく後ろを確認するとともに、ガラスの反射を利用して反対側の歩道も窺う。

　慌てて立ち止まった者が二人。その不自然な動きに、顔を見たことがなくても刑事だというのがわかる。

　相変わらず下手な尾行だ。

「ご興味がおありですか？」

　突然ドアが開き、中から和服を着こなした女が出てきた。映画で見た女郎屋のおかみを勝手に連想する。

「あ、いや、どうなんでしょう」

　山辺は慌てて笑顔で取り繕った。

「そんなに難しくないですよ」

　女は笑顔で言う。どうやら尾行を気にして、山辺が険しい顔で張り紙を見ていたことを言っているようだ。

「ちょっと勉強して、吟じたくなったら顔を出させてもらいますね」

山辺は笑顔を残して、再び歩き始めた。


プロトビジョンに戻ると、田上が待ち構えたように報告した。

「辻川さんの自宅マンションは収穫なしね。警察は事件に関係しそうなものかどうかという視点でしか見ていませんから見逃しているだけかもしれません。せめてそれがどんなものなのかが分かればいいんですが」

山辺はぼんやりと量子コンピューターを見て、ふと疑問を口にした。

「田上さん、これだけの大事に国は動かないのですか？」

すると、田上が少し慌てたような素振りを見せた。

「前も言いましたけど、政府でもこのことは一部の人間しか知らなくて、予算も大きな声で言えないようなところから出ているってのもあって」

「門馬さんはご存知でした？」

「国から予算が出ていることですか？　いえいえ。私は経営にはまったくタッチしていませんでしたから」

山辺は田上を横目で睨む。

「そうやって税金を国民が知らないところに使って」

　田上は背筋を伸ばした。

「い、いまはそんなこと言ってる場合じゃないでしょ。はやくキーを見つけないと」

「でも、まったく見当がついていないんですよ。それに、キーは鍵ではなく、特定の行動かもしれない」

　山辺は藤井とのことを話した。つまり、山辺と門馬もまったく見当がつかない状態であることを。

　しかし田上は、一度長めのため息を吐いただけで、落ち着いていた。それから大きく頷く。

「ちょっと考えていたんですけどね、違う人の視点も必要じゃないかな、って思うんですけど」

「心当たりでも？」

「ええ。これから会うんですが、行きます？」

「まぁ別にいいですけど。門馬さんは？」

「私はもう少し研究者仲間を調べてみます」

　門馬を残し、山辺は田上について千駄ヶ谷駅から総武線に乗った。向かった先は秋葉原。駅を出ると神田明神に向かって歩いていく。

秋葉原は日本を代表する電気街で、いわゆるオタク文化の聖地でもあり、外国人観光客も多く訪れる。その賑やかな街並みも、神田明神下の交差点を越えるとガラリと変わる。住居や町工場、料亭などをぎっしり詰め込んだような一角で、神田明神の男坂の下を通って雑居ビルの隙間を入る。そして田上は、昭和から時を止めたようなボロアパートの前で足を止めた。

「ここ？」

「ええ、そうみたい。二階の突き当たりの部屋ってことだけど」

人が住んでいるのか？と疑いたくなるようなアパートで、空き家問題で取り上げられてもおかしくないような物件だった。

錆だらけの階段を上り、突き当たりの部屋をノックする。ドアはベニア板が剝がれ、短冊のようにぶら下がっていた。

アパートのドアが開くも五センチほどでチェーンが伸びきり、その隙間から女の片目が見えた。

「あんただれ？」

わずかな隙間なので分からないが、ショートカットが細く白い首をより印象深くしていた。

「先ほどご連絡した田上美香です」

「そっちは？」

山辺を警戒心丸出しの目で見る。

「私の仲間の山辺努さん」

「なんのスキルがあるの？」

スキル？

女はなにかを感じたのか、山辺の体を上から下まで何度も往復して眺めた。

「彼は捜査のスペシャリストで、他には格闘とか、あとはなんだろ、射撃？」

山辺を窺うので、頷いてみせる。

「射撃って、サバゲー？」

「違うの、山辺さんは元自衛官でね、戦闘のプロなの」

「へー、すごいね」

ちっともすごくなさそうに言ったが、目は爛々としていたので、もともとこういう言い方なのかもしれない。

ドアはいったん閉められ、チェーンを外す音が乱暴に聞こえたあとに、再び開け放たれた。女は上半身だけを突き出して左右を見回す。細い身体にだぼだぼの白いシャツだけをまとっていたこともあり、まるで新種の貝が入水管を伸ばしているようにも思えた。

乱雑に切り揃えた黒髪は、サラサラというよりはちょっと粘っこい感じがする。食事は取っていないのかと思うほど痩せていて、おおよそ色気というものがなかった。ぺたぺたとなんでもくっついてしまいそうな肌に、引っかかるところがひとつもない、のっぺりとした輪郭だった。そこには人間として必要なパーツがひととおり配置されてはいたが、感情を表現するための機能は持ち合わせていなそうだった。

視線は二人の間を激しく往復していたが、美香に落ち着くと小さな唇が僅かに動いた。

「あがんな」

美香に続いて靴を脱ぐ。

まず面食らった。玄関から延びる廊下には本棚が並び、びっしりと本やらファイルで埋められていた。そのため通るには体を横にしなければならなかった。その先の扉から漏れる光が、長い洞窟の出口を思わせる。

リビングはリビングで大変なことになっていた。アルミ箔が壁一面に貼り付けてあったのだ。

戸惑いを通り越して、すこし怖くなっていた山辺に女は言う。

「電磁波攻撃に備えなきゃならないでしょ。あと盗聴もね」

携帯電話を見てみると、見事に圏外になっていた。

冷蔵庫を開けたので、お構いなく、と美香が言う。

「あたしが飲みたいの」

ビールを取り出したが、その空間のほとんどを埋めていたのは、食料などではなく、よくわからない薬品類。

いったい何者なのだ。

風を感じて肩をすくめた。隙間風だろうか。

「脱出口よ」

女はそれだけ言うと、それ以上の説明は不必要でしょ、とばかりにビールを飲んだ。

え、え、どういうこと？

「それで、メールでお知らせした件、どう思います？」

美香は気にする気配も見せずに話を進めた。

「あれね。たぶんギャザーでしょ」

「ギャザー？」

「そう。ブラックマーケットの名前。結構、危ないモノを専門に扱ってる」

安全なブラックマーケットがあるのだろうかと思っていると、女は見透かしたように話を続けた。

「ブラックマーケットの定義は広いのよ。一般の流通ルートには乗せられないだけの安全なものもある。たとえば盗品。名だたる国立美術館の名画の中にもとっくの昔にフェイクと入れ替わってるものもある。でも人に害はないでしょ」

安全の意味がそういうことだと、危ないほうの定義はより物騒なものになりそうだ。

「ただの殺しなんて、今どきのブラックマーケットでは扱わないわよ。そんなのネットで募集できる。下っ端がやること。もっとね、ヤバイのよ」

女は楽しそうに話す。

「ま、そんなマーケットがたくさんあってね、ギャザーっていうのはそのなかのひとつに過ぎないけど、傭兵崩れみたいなのを抱えていて、金になりそうなものは力ずくで奪ってラインナップに入れるらしいわ。関連はわからないけど、どこかの日本人に懸賞金がかけられているみたい。んで、日本人で構成される傭兵部隊が確保に乗り出しているみたいね。追われている男ってのが、アメリカでおイタした人で、なんか持ってるらしいわ。元自衛官っていうから、あんた知ってるんじゃない？」

山辺に向かって意味ありげに笑みを向けてくる。自分のことも全て知っているのではないかと思えてくる。

「そのブラックマーケット？　それってネットですか？」

山辺が聞くと、女は口を半開きにして顔を突き出した。

「は？　なにが？」

「いや、その情報っていうか、ホームページみたいなのがあるのかな、と」

「もちろん、このご時世だからネット注文もできるわよ。アマゾンみたいにね」

配送員はなにも知らずに銃や麻薬を運ばされているのだろうかと思うと怖くなる。

「んなわけないでしょ」

考えを読まれたのかと思った。

「ちゃんと運送系のマーケットもあるわ。ま、運び屋ともいうけど、連中は一度請け負ったら必ず届ける。ロケット砲だろうが死体だろうが、時間ぴったりにね」

「死体⁉」

「よくあるわよ。誰かを死んだことにしたい時とかね。大抵はチルドでくるけど、鮮度によっては生もある」

山辺は美香と顔を見合わせた。この女は頭がおかしいのではないか。妄想話に付き合っている場合なのか、と。

しかし美香はすっかり感心しているようだ。

「あとは見本市みたいなイベントをすることもあるし、専門ごとにある商社にたのむこともある。このへんは普通の市場と同じ考えね」

「そんなのが野放しなのか？　危険じゃないか」

「安全な買い物がしたかったらコストコに行きな」

身を乗り出して聞く。

「でも、いったいどうやってそんな情報を？　ハッキングとか？」

「秋葉原に住んでるからって、コンピューターオタクだっていう先入観、やめたほうがいいわよ。生まれ育ったのが、たまたまここってだけだから」

ここ、というのがこのアパートのことなのか神田界隈なのかどうかわからなかったが、興味もないので聞かなかった。

「ま、簡単にいうとね、ブラックマーケットの情報を売るブラックマーケットがまたあるのよ。コネクトミーっていうマーケットだけど、そこにはブラックマーケット絡みのありとあらゆる情報が集まってくるわけ」

「でも、そもそものコネクトミー？　そのマーケットの存在を知ることだって……」

ハタと気づく。ひょっとしてこの人物が主催者なのではないか。

得意げな顔を見て納得した。どうやらそのようだ。

「で、しばらく力を貸してもらえるかしら」

「成功報酬ってことよね。成功の部分については確認させてもらうけど」

「もちろん。えっと……」

「レイコよ。石尾玲子（いしおれいこ）」

「それって本名？」

山辺が聞くと、玲子は目を細める。

「それって仕事となんか関係あるの？　確定申告に必要とか？」

バツの悪さを感じて、年齢も聞こうかと思っていたが止めた。

「すいませんが、トイレ借りられます？」

「どうぞ。廊下を出てひとつめ。電気は上のスイッチ。上よ」

どんなトイレなのかと身構えたが、いたって普通で少し拍子抜けした。

用を足して戻ると、ちょうど美香が出てきた。

「ええ。それじゃ、玲子さん。また」

どうやら話はまとまったようだ。

出ようとしたとき、廊下の棚にあった雑誌に目が留まって手を伸ばした。子供の頃に流行ったオカルト専門誌だ。

そこに、玲子の冷たい声。

「やめたほうがいいわよ。その辺の紙、燃焼促進剤が塗り込んであるから」

「は？」

「壁との間にはマグネシウム。燃えはじめたら止まんないわよ」

そういって、トイレの電気のスイッチ、その下を指さした。

「敵がきたら、ここを押して逃げるの」

にやにやと楽しそうな顔をみて、どこまで本気なんだろうかと思ったが、疑う理由はなさそうに見える。

危うく焼け死ぬところだったのかもしれない。山辺はぞっとした。

少し早歩きな美香に並んで聞いた。

「どこであんな人と知り合うんですか？」

「まぁ、知り合いの紹介っていうか」

「どんな交友関係？　田上さんって、いったい何者？」

ふふふ、と笑いながら手首を返し、時計を見る。

「ちょっと急ぎめで」

秋葉原駅に戻るのかと思ったが、それとは逆に神田川沿いに坂を登っていく。ならば御茶ノ水駅に向かうのかと思ったが、聖橋の下あたりで立ち止まり、左右を見渡した。

「どこへ？」

「ここでタクシーを拾います」

手を上げようとする山辺を美香は制した。

「予約してるんで」

スマホを見ながら言う。

「こんなに空車がたくさん走ってるのに？」

「そうなの」

やがて一台のタクシーが目の前に止まった。軽薄な黄色い塗装をまとっていた。

「予約した田上です」

「はいどうぞ」

山辺は先に乗り込みながら、運転手が思ったより甲高い声だったことを意外に思い、助手席に掲げられている営業許可カードの写真を見てみた。いつ撮られたものかはわからないが、若そうに見えた。おそらく山辺より年下だろう。どこを見ているのかわからない、寝起きのような顔をしていた。

氏名は、長島一雄と書いてあった。

美香はドアが閉まるのを待ってから意味ありげに言った。

「中目黒駅まで、そうね――」

中目黒？　それなら電車で行ったほうが早いのに、と思う。日比谷線なら秋葉原から乗り換え無しで三十分だ。この時間、都心を車で横断するとなると、小一時間はかかりそうだ。

「二十五分でお願いします」

美香が言ったので驚いた。そんなにスムーズにいくわけはない。

「え、お客さん、この時間、それは無理ですよ」

運転手が言った。ほらみろ。

会社支給のブレザーのサイズが合っていないのか、袖はややダブつき気味だ。その腕が帽子を深くかぶり直させた。

「二十七分はかかりますね。それでよければシートベルト、よろしくどうぞ」

革の手袋をはめながらそう言うと、ダッシュボードの時計をゼロにセットした。そして美香がシートベルトを着用した瞬間、タクシーは駆けだした。

いったいなにが起ころうとしているんだ？

山辺は戸惑いしか覚えない。

タクシーは靖國通りに入り、すぐに渋滞に捕まった。やはり無理だと思っていたところ、タクシーは鋭角に左折し、路地に突っ込んだ。裏道というレベルではなくビルとビルの隙間で、車の幅しかない。そもそもこれは道として自治体に認識されていないかもしれない。

日陰を飛び出したタクシーは、三車線の一方通行を横切り、また似たような幅の路地に突っ込む。フェンダーミラーがチリチリとこすれる音がする。

最後に地名を確認したのは千代田区一ツ橋。それ以降はどこを走っているのかわからなかった。

車は見る限り普通のタクシーだ。オートマチックだが、コラムシフトをこまめに切り替えながらエンジンの回転数を常に高く保っている。

高層ビル群を抜けると、空がすぱっと開け、皇居をぐるっと回る内堀通りに出た。そしてこともあろうに警視庁本部前の四車線を斜めに横断し、六本木通りへ。揺さぶられた車内でバックミラー越しに運転手の目が見えた。奥二重の目を細めていて

――笑ってる？

その目は、むしろ異常者のそれに近かった。

自衛隊では様々な乗り物に乗った。どれも快適とは程遠いものだったが、一度も気持ちが悪くなったことはなかった。

それが、人生初の乗り物酔いを、タクシーで体験することになるとは。

そこで気づいた。ダッシュボードに置かれたスマートフォンの画面には地図が表示されていたが、単なるナビとは違うようだ。地図上で動き回る赤い点を避けるように道を選んでいるように思える。

ひょっとして、あれはパトカーや警察官の位置を示しているのではないか……。しかし、そんなアプリがあったら大問題になっているはずだ――。

急なハンドル操作で、山辺は右側頭部を窓にぶつけた。

元麻布、広尾、日赤病院の裏路地を駆け抜け、代官山の閑静な住宅街をけたたましく通過すると山手通りを左折……が、混んでいるとみるや直進し、並行する商店街を疾走する。一方通行を逆走した区間もある。

そして中目黒のＧＴビルを回り込んで駅のタクシー乗り場についたのは、二十六分後のことだった。

ちょっとしたアトラクションを体験したＯＬのように、美香が嬉しそうに言った。

「さすがですね！　噂通り」

どうしたらそんな噂を聞けるのだろうか。

「で、どうです。しばらく力を貸してもらえるかしら」

「まぁ、世話になっているあの人の紹介だし、好きな車に乗らせてくれるならいいよ」

「決まりね。あとで車種を連絡して。でも、目立つのはやめてよね？」

「それならとっておきのがあるよ」

料金をきっちり払い、爛々と目を輝かせて車を出た美香に山辺も続く。片足を外に出したところで聞いた。

「一通の逆走とか、路地の突入とか、あれはフェアじゃないのでは？」

すると、運転手が振り返った。許可証の写真と同じ、ぼんやりとした顔をしているが、目は心外（しんがい）だと訴えている。

「そんなこと言ったら、もともと二十五分っていうのもフェアじゃないよね」

まぁ、そうね。

運転手はバインダーを取り出すと、営業記録を記入し始めた。

「ゴールのレベルによってペースは調整できるよ。それによって違反をどれだけしないといけないかも変わってくる。でもラリーで鍛えたから、時間感覚はバッチリだよ」

「はぁ……なるほど。どうも」

先を歩いていた美香に追いつく。

「もう一回聞くけど、あんなのと、どうやって知り合うの？」

「共通の友人がいるのよ」

きっと、ろくな友人ではないだろう。


「ここがあんたらのアジトかぁ」

プロトビジョンのソファーに座り、玲子がキョロキョロと見回しながら言った。

「なんもないのね」

会うのは二日ぶりだった。今回は外出してきているので化粧はともかく、身なりは前回よりもまともにと願っていたが、大差なかった。

「あんた、スキルは？」

玲子が、向かいに座る暴走タクシーの運転手に声をかけた。彼の名前が長島であることはすでに伝えてある。

玲子はどんな能力をもっているかを知りたがる性格なのだろうか。

長嶋は質問の意味がわからなかったようで、小柄な身体を居心地悪そうによじった。センターで分けた柔らかい髪は、緩いカーブを描きながら額を覆っている。そこから覗くひと組の目は、黒目がちで、なんとなく鹿のそれを思わせた。

どちらかというと中性的で、どこか抜けたような顔つきだが、これはハンドルを握らない時に限られるのだろう。

「運転」

長島は玲子を警戒するように答えた。おそらくこれまでの自分の人生には関わることがなかった種類の人間なのだろう。

それは山辺にとっても同じだが。

今日はプロトビジョンにはじめて皆が集まり、これからのことについて話し合う予定になっていた。

まずは美香が世界規模のサイバーテロの可能性について話をした。

新加入の二人は、もともとどこか頭のネジが緩んでいるのか、サイバーテロの兵器として使われようとしているのが、ガラスの向こうにある巨大なコンピューターだと聞いても表情を変えなかった。彼らから得られた具体的な反応は、『へー』と『ほー』だけだった。

そこに山辺の携帯電話が震えた。松井からだった。部屋を出て、通話ボタンを押す。

『なかなか興味深い事実が出てきたぞ』

松井は開口一番そう言った。

山辺は、ここ数日、刑事の姿を見ていない気がして、松井に連絡を取っていたのだった。

辻川の死後、ここに初めて来たときにはついていた尾行も、いまは見当たらなかった。なにしろ、怪しい女と会ったり、タクシーで東京を暴走したりしているのだ。もし尾行されていれば逮捕されるネタはたくさん提供している。

『どうやら、刑事は尾行を止めたようだ。タレコミで舞い上がったものの、所詮(しょせん)は都合の良い事実をつなぎ合わせただけの状況証拠でしかないことに気づいたんだろう。これ以上お前を尾行してみたところでなにも出ないってな』

安心する山辺だったが、松井の声は慎重なままだった。

『ただな、どうも妙なんだ。警察に圧力をかけている連中がいるらしい』

「というと?」

『現場の刑事たちには分からないようなんだが、おそらく政府筋だ』

政府と言われて真っ先に思い浮かぶのは美香だ。コネを持っていると言っていたが、いろいろと手を回しているのか。

「ひょっとして内閣府じゃないですか?」

『いや……そこまでは聞いていない。だが、ひょっとしたらアメリカも絡んでいるのかもしれん』

アメリカでの銃撃戦と、最高レベルの暗号を破ったサイバーテロが関係あるとすれば、しかるべき政府組織が日本の捜査に首を突っ込んできてもおかしくはない。

『注意しろ。おそらくこれまで経験したことのないような出来事がふりかかってくるかもしれない』

「了解しました。ありがとうございます」

電話を切っても、しばらくはそのまま動けなかった。

これまで経験したことのないような出来事——。それが妙に現実味を帯びていた。

部屋に戻るなり、玲子が声をかけてきた。

「で、なんだって？」

電話を聞かれたわけではないのに、察する能力があるのだろうか。他の連中も興味津々という面持ちだ。

山辺はアメリカの当局もこの一件に首を突っ込んでいる可能性を話した。

さぞ驚くだろうと思ったが、それは裏切られた。

「まぁ、そりゃそうよね」

なにが嬉しいのか、玲子はニヤニヤしながら頷いた。

「あちこちのセキュリティを突破しまくったんでしょ？　そりゃ脅威に感じるでしょうね。こんな時、あいつらが考えるのは、味方に巻き込むか、もしくは奪うか、でなきゃ潰すかね」

「潰されたくはないなぁ」

長島も呑気な声を出した。

やはり、ネジが緩んでいるのだろう。

「ねえ、ところで」

玲子が美香に声をかける。

「あんたってさぁ、どこ出身？」

「え、東京だけど」

「何区？」

「杉並区。え、なに、怖い」

「そうなの？　なんかさ、なまりがあるなって、思ってさ」

「え、そかな？」

「うん、だからどこかなあーってね」

「たぶん、仕事で海外に駐在したこともあるから、変なアクセントが出ちゃうのかも」

「ふーん。あとさ、なんでここはこんなに手薄なの？」

「なんでと言われても。玲子さんの家みたいなのはいらないでしょ？」

苦笑する美香に、玲子は無表情で続ける。

「そりゃさ、ＭＲＩは持ち出せないシロモノだし、キーがなければただの箱ってこともあるんだろうけど、ここを押さえられたらヤバくない？　同じモノが作れるかもよ。ね、門馬ちゃん」

門馬は、おそらく数十年ぶりにちゃんづけで呼ばれたのではないだろうか。明らかに戸惑っていた。

美香が言う。

「ここが襲われる条件は、ＭＲＩが起動してセキュリティプログラムが完成するまでの間だけ。その前後はブラックマーケットからみたらなにもメリットがない」

奇しくも、辻川がＭＲＩをロックしてくれたおかげでここは襲われずにすんでいることになる。

「ただし、キーは別よ。もしそれを奪われたら、ＭＲＩはサイバーテロに使われかねないから。で、妙な動きがあるのかをリサーチするのも、玲子さんの仕事なのよ」

「そっか。こりゃ失敬」

「それじゃ、私、ちょっと霞が関に戻りますね。引き続き調査をお願いします」

美香は時計を気にしながら足早に出て行くと、ドアが閉まったのを見計らって玲子が言う。

「んー、怪しいわね」

そのセリフを一番言ってはならない人だ、と山辺は思うが、もちろん口には出さない。

「怪しいって、どこが？」

「なんとなく、ね」

「さすが陰謀論者。何事にもウラがあると。あ、そうだ。田上さんと君らには共通の友人がいるんだっけ？」

「友人？」

玲子と長島が声を合わせ、眉間に皺を寄せた。

すぐには友人の名前が出てこないようだ。確かにお互いに友達はいなさそうではある。

「あ、ひょっとしてasd258さんのこと？」

玲子がいうと、長島も頷いた。

「へぇ、あんたもそいつと連絡を取っていたのか」

「あんたにあんた呼ばわりされる覚えはないけど」

「じゃあ玲子様とでも呼ぼうか」

「それ気に入ったわ、ボクちゃん」

　山辺は間に入る。

「それで、その人ってだれ？」

「知らないわよ。ネットだもの」

　そんなの常識だと笑う。

「知らないのにどうして知り合うの？」

「ある日突然メールが来てね、際どいブラックマーケット情報をたくさんくれるわけ。しかもフリーよ。そのおかげでずいぶんと稼がせてもらったわ」

　長島も頷く。

「僕もね、その人からメールをもらったのがきっかけ。この時間、どこにいけば客が拾えるかを教えてくれるんだけど、ピッタリ当たるんだ。おかげで普通のサラリーマンより金は稼げている」

「なんか、せこくない？」

　長島が玲子を睨む。童顔ということもあって、あまり怖くはないが。

「せこいって、なにが」

「普通の仕事してるだけじゃね？　普通のサラリーマンを比較対象にしているあたりがせこいのよ。ハードルが低すぎ」

「僕は金の大小では動かないの」

「まぁまぁ」

山辺は割って入る。

「それで、asd258と田上さんの関係って？」

玲子は秘密を打ち明けるように前かがみになる。

「ある日、ブラックマーケットの情報を知りたがっている客がいると連絡してきたわけ。金を払うらしいけど紹介しようか、と」

「それが田上さんだった？」

玲子は頷いた。

「長島さんは？」

「僕も似たような感じだな。僕がやってるタイムトライアルは、その人がくれた警察の位置がリアルタイムで分かるアプリを使っているんだ。もちろん、僕のテクニックがあってこそだけどね。まぁそんな感じでやってたら、asdさんから紹介されたと、田上さんから予約が入ったわけ。そして仕事を手伝ってほしいと」

目を細めながら長島の話を聞いていた玲子が言う。

「でもやっぱりさ、怪しくない？」

「どこが？」

「美香トンがasd258かもしれない」

トン？

独特の言い方に軽い疲労を覚える。

「どうして？」

「引き込むためよ。政府の人間なら情報を手に入れられるしね」

長島が異議あり、と手をあげる。

「でもさ、僕の客はどうするんだ。いくら政府でも客の居場所はわからないだろ」

「実はそれ、美香トンの手下かもよ。長島ちゃんを信用させるために仕組んでいるわけ」

「そこまでするかい？」

「曲者（くせもの）を集めてなにかを企（たくら）んでるんじゃないのかしらね。ツトム君もそう思うでしょ」

山辺は呆（あき）れ顔になる。

「なぜ俺は君付けなんだ」

「山口さんちのツトム君～」

玲子が昭和五十一年から歌い継がれてきた童謡を口ずさみはじめたのを、山辺はハエを追い払うように手をひらつかせた。

「分かった、分かった。歌わなくてもいいよ」

対して長島はなんのことなのか、わからないような顔をしていた。

「で、ツトムくんと美香トンの初めての出会いは？」

「彼女が声をかけてきた。そういえば、一部の人しか知らないようなことまで知ってたな……」

「門馬ちゃんは？」

妙な連中に関わりたくないとばかりに、少し離れた壁に寄りかかってコーヒーを飲んでいた門馬は、吹き出しそうになって咳き込んだ。

「えっと、彼女が、ここに突然やってきた。そして、ロックを解除するためにはキーが必要なことも知ってた」

「やっぱりね」

頷く玲子に、山辺は陰謀にもほどがあるとばかりに苦笑した。

「アホらしい。じゃあ怪しいと思っているのに、玲子さんはどうして話に乗ったの？」

「面白そうだからよ。それにお金ももらえるし」

「玲子さんはそうやって陰謀めいた話を考えて、楽しんでいるだけでしょ」

ただでさえ訳の分からない状況だ。これ以上、無意味に脳を使いたくない。

「でもさぁ、それなら、なぜ彼女は霞が関にいないのかしら」

「は？」

玲子がラップトップコンピューターを覗きこみながら言った。その横顔は楽しそうだ。

「これはタクシーかなぁー、明治通りを渋谷方向に進んでるわ」

「なんでそれを？」

「バッグにＧＰＳ発信機を入れておいたの。ハイ、そんな目で見ない。簡単に手に入るわ、こんなもの」

そう言って、長島の革ジャンの襟を指さした。そして、襟首を見るようにジェスチャーする。

「えっ！」

五百円硬貨ほどの大きさの物体が現われて、長島は軽く悲鳴を上げた。

「いつの間に！　仲間じゃないのかよ」

「私は個人事業主として仕事を受けただけよ」

「こえー。でも、教えてくれたということは、今は信用してくれたのか」

「ううん。ひとつとは限らないから」

その場にいる男たちは固まった。それから一斉にポケットを探る。

「ほらほら、いまなら間に合うかもよ」

「間に合うって？」

山辺が聞くと、呆れたように言った。

「美香トンに決まってるじゃん、怪しげな行動の理由を確かめておいたほうがよくない？

車あるんでしょ、ボク？」

長島は気持ち悪さを隠せない様子だ。

「まぁ、タクシーで来てるけどさ。追いかける？」

この場から立ち去りたそうな顔だった。山辺も同意する。

「じゃあ、ちょっと行ってくるよ」

乗り気ではないが、というアピールはしておく。

「連絡先ちょうだい。位置情報を実況中継してあげるから」

山辺は携帯の番号を教えると、心細そうな門馬を置いて長島と共に外に出た。

夕方にはまだ早い時間。どんよりとした曇り空が、体感温度をさらに下げる。

長島は隠しマイクを警戒するように小声だ。

「まったく怖い女だなぁ」

山辺も声には出さずに頷いてみせた。

「とりあえず、渋谷へ」

山辺が後部座席に座ると、すぐに玲子から着信があった。スピーカーフォンに切り替える。

『いまね、神宮前一丁目の交差点あたり』

「了解」

長島は車をスタートさせると、メーターを倒した。

「え、お金取るの？」

「そりゃそうだよ。人乗せてるのに回送で走るわけにはいかないでしょ。田上さんに請求して」

玲子は美香の現在位置を実況中継し続けていた。こちらが東郷神社を通り過ぎたころ、美香は渋谷駅で青山通りを右折、つまり世田谷方面に進行したと連絡が入った。

『あ、でも止まった』

「どのへん？」

『右折してすぐね。えっと、セルリアンタワーだわ。そこから動いていないみたい』

セルリアンタワーは、渋谷駅の南側に位置する四十一階建てのビルで、地下に能楽堂を備えるとともに、このあたりでは最高層建築ということもあって、渋谷のランドマーク的な役割も果たしている。

わざわざ我々に嘘をついてまで、いったいなんの用だ？

山辺らがセルリアンタワーに着いたのは、美香に遅れること十分。長島に言わせれば八分と四十秒後だった。

「念のため、近くを流してるから、なんかあったら呼んで」

長島はそう言い残すと、都会を流れる車列に紛れた。

さて、美香はセルリアンタワーにいるとはいえ、ここにはオフィスもあればホテルもある。レストランかもしれないし、会議室かもしれない。

とりあえずロビーに行ってみることにした。モダンと和のテイストが融合した雰囲気で、東京の真ん中とは思えない静かな空間だった。

すると、フロントデスクの向かい、スキップフロアで一段下がったカフェラウンジに美香の姿を認めた。

どこか、いつもと様子が違う。緊張しているようでも、なにかを期待するようでもあった。

カフェとロビーを隔てる壁がないために、美香がメニューに指をさして注文するところまでよく見えた。

山辺はフロント横に置いてあったパンフレットを見つつ様子を窺った。気のせいか、美香は化粧も念入りにし直したようだった。

美香がこっちを見て小さく手を上げたので焦ったが、相手は山辺の横を通った男だった。その後ろ姿には見覚えがあった。

どこかで……。

男は立ち上がった美香と抱き合うと、隣に座った。座ってもなお美香の腰に手を置くその顔を見て戦慄が走った。

マスタング！　アメリカで見た、青いマスタングの男。でも、なぜ……？

「お客様、お加減はよろしいですか？」

ホテルマンが声をかけてきた。はたから見たら、妻の浮気現場を目撃してしまって動揺しているように見えたのかもしれない。

「は、はい、大丈夫です。どうも……」

山辺の頭は混乱していた。

玲子の情報では、ギャザーの実行部隊は日本人で構成される傭兵部隊ということだった。マスタングの男はアメリカで辻川の周りをうろついていた。ということは、つまり実行部隊の一員か。

しかし、それならなぜ美香と会っている⁉

しばらく思考が停止した状態で眺めていた。二人が連れ立ってホテル客室に向かうエレベーターに乗りこむまで……。


翌朝、気分とは裏腹に朝から良い天気だった。

「ったく、昨日はどうしたんだよ。待ってたのにさ」

プロトビジョンのドアを開けると、長島がふてくされたように言った。

美香がマスタングと——謎の日本人に対してそう呼ぶようになっていた——会っていたことに動揺し、長島が待っていることを忘れていたのだった。

「すまん、ちょっといろいろあって」

「いろいろって？　なにかあった？」

どこから説明すればいいか考えてみたが、自分の頭の中でまだまとまっていないことを話すのは無理だと諦めた。

いま言えば、美香がギャザーの実行部隊の男と会っていたということしか表現できないし、それは端的に言えば〝辻川を殺した犯人と会っている〟ということで、さらに要約すれば美香は裏切り者ということにもなる。

「おはよー」

美香が現われた。昨日よりも覇気(はき)があるように思えるのは気のせいか。

「あれ、山辺さん。顔色がよくないんじゃない？」

満面の笑みで美香にそう言われても、どうリアクションすればいいのか分からない。この陰鬱(いんうつ)な気分の主な原因は、美香に対する不信感だからだ。

山辺はどこか冷めた目で美香と接していたが気づかれたくはなかった。背後に隠されたものを暴くには、気づかないフリをしてバカを演じていたほうがいい。

「まずは玲子さんから報告して」

　玲子は、また怪しげなネタを摑んできていた。

「なんかね、ざわついてるのよ。マーケットが」

「どんなふうに？」

「なんかね、近々、大規模ななにかを計画しているみたい」

「なにかって――」

「ま、テロね」

「テロ⁉」

　全員の声が重なる。

「かもしれないし、クリスマスセールかもしれない。ま、セールといっても扱っているのはミサイルとか、病原ウイルスとかかもしれないけどね」

「なんだか気持ちいい話じゃないわね。詳しく分からない？」

「まだ調査中。待たれよ」

「了解。門馬さんはいかがですか」

　門馬は頭をかきながら顔をしかめた。

「相変わらずＭＲＩは反応してくれないのですが、やはりＭＲＩは完全に停止しているわけではなさそうです」

「どういうことですか？」

「外からの命令は受け付けないのですが、内部では動作しているようです」

「それって、前に言われていたＡＩのことですか？」

「ええ。そのＡＩは外部からの命令を遮断しつつ、あの箱の中では活発に動いているようなんです」

「辻川博士はＡＩになにかをさせてるってことかしら？　それって、さっきのセールの話と関係があるのかな」

玲子が頷く。

「あるかもね。テロっていうのはサイバーテロのことなのかも」

美香は少し考え込むような仕草を見せた。心なしか、昨日よりも色気があるように感じるのは、美香の違う側面を見てしまったからだろうか。女としての一面や、怪しげな行動が、彼女をよりミステリアスに見せていた。

ただ、寝首をかかれるわけにはいかない。

『お前は女に甘い。できる男だが失敗するとしたら女だな』

警務隊時代、松井にはよくそう言われていたのを思い出した。

「山辺さん、なにか情報はありませんか」

ハッと我に返る。

「え、いえ。これといって別に」

玲子が素早く反応する。

「あれぇ、ツトム君。なんか隠してるでしょ」

山辺はつい挙動不審になる。

そもそも、お前が尾行させたんだろうが、と怒鳴りたくもなる。が、耐えた。

「いや、特にはないよ」

「特には、ってことは、やっぱりなんかあるのね？」

玲子が食い下がるので、山辺は半ばヤケクソになった。

「いろいろ腑に落ちない」

「たとえば？」

「まず、そもそも辻川博士は本当にサイバーテロを企てていたのか、という点」

「あれれ、全てを覆すのね」

「俺にはどうしても信じられないんだ。辻川博士が金目的にサイバーテロを引き起こすなんて。門馬さん、その根拠になっているのはなんですか」

「あ、はい。ログです」

「つまり、あのコンピューターにハッキングを指示した形跡が残っていたと？」

「そうです。セキュリティを突破する一〇〇社のリストと、その命令がプログラムされていました。誰がどんな操作をしたのかは全て記録が残るようになっていて、それが辻川のIDだったのです。しかしその証拠を記録しようとしたところでロックがかかってしまったので、いまは確認できないのですが」

「信憑性はどの程度ありますか？」

「そうですね……ほかの可能性を疑う必要性を感じないくらい、と言えばいいでしょうか」

　山辺は唸った。

「辻川博士の犯行に見せかける方法はありますか？」

「いやぁ、無いと思います。辻川のパスワードを知っていれば別ですが」

腕を組んで俯いていた山辺を、美香が覗き込む。

「山辺さんは辻川博士を信じていらっしゃるのですね」

「ええ。人徳者で信頼に値する人物だと思います。田上さんもそう思いませんか？」

山辺に問いかけられた美香は複雑な顔をした。その表情は形容しがたいもので、信じるとか信じないとか、そんなものではなかった。しかし、どこか既視感もあった。

　そこで気づく。山辺もそんな顔をしていたことがあったからだ。

　一人でいると、ふとした思考の合間に辻川の顔が浮かんでくる。

　当初は、辻川を殺された怒りや悲しみに支配されていた。だが最近は、守れなかったことへの後悔や自責の念だ。

ある朝、歯を磨いていたはずなのに、気づいたら一時間くらい洗面台をつかんで呆然としていることもあった。

そんなとき、鏡に映った自分の顔が、まさにいま美香が浮かべている表情だった。

美香にも同じような経験があるのだろうか？

「ともかく、辻川さんを悪だと決めつけて捜査することには、どうにも違和感があるんです」

山辺は顔を上げた。

「それともうひとつ。俺がアメリカで出会った男がいる。辻川さんの襲撃と深く関わっていると思われる人物だ」

山辺はマスタングのことを話した。襲撃前夜、自分の部屋の前にいたこと。会議場の近くにいたこと。そして、ギャザー実行部隊の一員ではないかということ。

「そいつが日本にいる」

セルリアンタワーで美香と一緒にいた、とまでは言わないでおいた。

「えっ、まじか！　それって山辺さんを追ってきたってこと？」

長島がムンクの『叫び』のように両手を頬（ほお）に当てた。

「ツトム君、それ見間違いとかじゃないの？」

玲子も興味をひかれたようだ。

「いや間違いない。あの顔は忘れられない」

山辺は玲子と話しながら、横目で美香を窺った。明らかに動揺していた。

「アメリカでは辻川ちゃんの周りをうろついて、今度は日本でツトム君を狙っているってこと？」

「ああ。辻川さんと最後までいたのは俺だ。だから、なにか知っていると思われているんだろう。キーとかね」

「そいつがギャザーの実行部隊かもしれないってことか……」

美香は動揺を隠しながら言った。

「玲子さん、そっちも調べられる？　何者か知りたい」

「了解、まかしておいて。その手の仕事を仕切れる日本人ってそうそういないから」

美香は不安げな顔を隠すかのように背を向け、ホワイトボードに向きあった。

「えっと、じゃあ、ここまでの話を総合すると、こんな感じかしら」
・キーの意味／存在はわからない
・ブラックマーケットではなにかが進行している――サイバーテロ？
・ＭＲＩは密かに動作している――辻川がなにかを仕組んだ？

・ギャザーの実行部隊が日本に上陸している可能性がある――マスタングの男（玲子調べる）

「んー、結局、まだなにも見えないね」

長島が言い、玲子が続ける。

「ほんとね。キーがなんなのか分かる前にやられちゃいそう。ま、狙われるのはツトム君だけだからいいけど」

「よくない」

山辺は即答した。

「八方塞がりだけど、なんとかがんばりましょう」

美香がバイトリーダーのように明るく声をかけた。

その姿を見ながら、山辺は頭の中でもうひとつ追加した。

・田上美香はなにかを企んでいる？――（山辺調べる）

「あのぅ」

長島が小さく手をあげる。

「ところで、僕はなにをすれば？」

困惑気味の表情だ。

「なんかさ、薄々感じてはいたんだけど、みんなはほら、特技があるわけじゃん？　その『キー』を捜すためにさ。でも僕ができるのは運転なわけ」

玲子が膝を叩いた。

「確かに！　ねぇ美香トン、どうしてこんな役立たずを呼んだの？」

おいおい、ちょっと待て。という長島の声はスルーされた。

美香は困った顔をした。

「確かにそうよね。たぶん、そのうち役立つんだと思うけど」

「それどういうことよ、それ。考えがあって僕を呼んだんじゃないの？」

「私たちの共通の友人が『サード長島』も呼べと」

「ひっ、なんでそれを」

山辺は首を傾げた。

「サードって？」

「その友人が言ってただけで、深く考えなかったけど」

長島は躊躇しながらも口を開いた。

「僕はね、車の運転には自信がある。予選とか練習では誰よりも速い。でも、本番のレースになるとなぜかいつも三位なんだ。だからいつのまにかそう言われるようになった。ジャイアンツの長嶋茂雄に引っ掛けてね」

一拍の間を置いて、皆が笑った。普段クールな門馬すら腹を抱えていた。

「そ、そんなことより、その友人ってasd258さんのこと?」

美香は頷いた。

「私の情報提供者でもあるの。正体はわからないけど、今回のことでも協力してくれている。先が読めるひとで、今後仲間が必要になると言われたの。それで紹介されたのが石尾さんと長島さん。そして山辺さんよ」

山辺の頭の中で警報が鳴った。もやもやとした霧の向こうで別の力が働いているような気配を感じたからだ。

「怪しくないか、それ。結局そいつが俺たちを操っているってことにならないか?」

「うん……でも、助けてもらっていることも確かだし」

「ね、結局のところ僕はどうすれば?」

長島に向き直った美香が人差し指を立てる。

「"Be prepared"。なにがあるかわからないから準備を怠らないで。それが今のあなたの仕事よ」

山辺はその言葉を聞いていて、どこか、海馬の奥にひっかかるものを感じたが、それがなにかはわからなかった。

山辺は神宮外苑を歩いていた。地面を這う風が、道の隅で固まっていた枯葉を舞いあげ、足元にまとわりつく。

太陽は遮る雲のない空から照らしてくれているが、正午を過ぎても気温は上がらない。どこでなにをすべきなのか迷ったとき、このあたりは考え事をするのに最適だ。外苑の周りを鉄道四路線が取り囲んでいるので、思いついた方向へ足を向けられるからだ。

いまの山辺は、なんとなく外苑前駅に向かっている。銀座線に乗れば渋谷まで二駅。セルリアンタワーで聞き込みができないだろうかと考えていたのだ。

マスタングの正体を突き止めたかった。

もし美香の情報提供者ならば、我々を操っている張本人かもしれない。

しかし名前もわからず、写真もないのにどうすればいいだろう。恒川の名前を騙って刑事のふりができるだろうかと考えたが、警察手帳がなければ無理だろう。

ならば、せめて張り込むか。

冷たい風が、また身をすくませた。

状況の把握が難しいことが起こっているが、ひとつひとつ整理していくしかない。

自分の置かれている状況をわからなくさせているのは、やはり〝キー〟の存在だろう。

いったい、なにを意味しているのか。それが物理的な鍵でないのであれば、辻川の思考、行動を理解しなければならない。

これまで辻川から、そのヒントになるようなことを聞いただろうか。

山辺は辻川とのやりとりを懸命に思い出してみた。

唯一記憶にあるのは、人工知能の話をした時だ。研究を突き進めるにあたり、『鍵は良心だ』と言っていた。

しかし、コンピューターを起動させるアイテムとしては関係がなさそうだ。それとも裏の意味があるのか。

山辺はふと立ち止まった。

ながらスマホで歩いていたサラリーマンがぶつかりそうになって、怪訝(けげん)そうな顔をして通り過ぎる。

山辺はこれまで多くの〝嫌な〟人間と接して来た。だが辻川は彼らとは違う。自分にはない徳のようなものを持っていた。

それは他を正しい方向に導くような力だ。しかも説教して導くのではなく、具体的に欠点を指摘するわけでもない。

共鳴する人に考えさせる機会を自然に与える力といえばいいだろうか。気づきを与えてくれるのだ。

そして山辺がいま感じているのは、辻川がブラックマーケットに繋がりを持つような人間では決してないということだ。

もしMRIの力を悪用しようとしていたとしても、それは本意ではないのかもしれない。

例えば、山辺がいまキー捜索に協力しているのと同様に、辻川も家族に危険が及ぶのを懸念したからではないか。そして殺されたのはサイバーテロのタイマーをセットし終わり、用なしとされたからではないか。

ありえるか？

判断するにはまだなにかが足りないが、キーの謎を解こうとするとき、辻川＝悪という前提条件がある限り、正しい道を辿れない気がした。

携帯電話がメッセージの着信を知らせ、意識を現実世界に引き戻す。

確認すると知らない番号だった。

〝尾けられているぞ〟

山辺はハッとした。またあいつだ！

返信を打ち込む。

〝誰だ〟

〝刑事じゃなさそうだよ。たぶん、ギャザーだね〟

いや、聞きたかったのは違う意味だ。

もう一度打ち直した。

〝お前は誰だ〟

〝言うに及ばず〟

ふざけているのか？

〝なにが目的だ〟

〝へんなの。追っ手よりも、僕のことが気になるんだ〟

〝何者か知らないのに、信用なんて出来ない〟

〝でも、こうやって君たちを助けてあげてるよ？〟

君たち？　ひょっとして、こいつがasd258か？

返信に困っていると、また続いた。

〝ちなみに、警察にタレコミしたのは僕だよ(＞ω＞)v〟

「なんだと！」

思わず声に出してしまったので、同じ内容を打ち直した。

〝なんだと！〟

〝まぁまぁ。それも作戦だから。刑事に尾行してもらったおかげでギャザーの連中は手が出せなかったでしょ〟

確かに……。

〝でも、警察が手を引くのが思ったより早かった。で、あいつらが再び現われたわけ〟

門馬は、警察内部にもキーを追う連中がいるらしいと言っていたが、それが手を引かせたのだろうか。

山辺は周囲を見渡すが、それらしい人物は見当たらない。

〝直接話したらどうなんだ〟

反応がなかったので、舌打ちをして電話をかけてみた。しかし『この番号は現在使われていない』とメッセージが流れるだけだった。

電話を切ると、再びメッセージ。

〝だから、つながらないって〟

〝こんなことしても、まどろっこしいだけだろうが〟

〝確かに入力が遅いもんね。女子高生のほうがよっぽど早い〟

〝だから、お前はなにが目的なんだ〟

〝まぁ、とりあえず、そこから逃げましょうか〟

山辺は神宮球場を抜けて青山通りに出るとショッピングモールに入った。エレベーターに乗り、各階で止まりながら入れ替わる客を注意深く観察する。

そして最上階。山辺は最後まで降りずに一階に戻る。これでふるいにかけるわけだ。尾けていることを悟られたくないのであれば、おいそれと追ってこられない。

外に出ようとすると、また着信。

〝ストップ！〟

なんだ？ と山辺は立ち止まると、メッセージが連続して入ってくる。

〝まだ待ち〟

〝まだまだ〟

〝今っ！ 出たら右〟

不本意ながら指示に従う。

さりげなく背後をうかがってみると、大型ＳＵＶが歩道寄りの車線をゆっくりと進む後ろ姿が見えた。

駐車スペースを探しているようにも見えるが、もしあれがギャザーであれば、鉢合わせになっていたかもしれない。

〝まだ安心しない〟

立て続けにメッセージが入る。

〝はい、しゃがめ！〟

しゃがむ？ ここで？

〝しゃがめっての！〟

山辺はわけもわからずしゃがむと、靴紐を結ぶふりをしながら、腰ほどの高さがある街路樹から頭を出してみた。すると反対側の歩道に、視線の配り方が明らかに他とは違う男二人組を見つけた。

俺を捜しているのか。

〝お前はどこから見てるんだ？〟

〝よくできました。しばらく大丈夫だと思うよ。あとはセルフサービスで〟

質問に答えろ。

山辺は軽く舌打ちをすると、早足で青山通りを横切り、青山霊園に入り込んだ。春は桜の名所となるが、今は寒々しい裸の枝が冬空をバックに、まるで魔女の長爪のように這い回っている。

霊園の中ほどまで進み、大きめの暮石の陰で追跡者の有無を確認した。散歩をする老夫婦、都心の抜け道として使うタクシーが通り過ぎるだけで物騒な人物は追ってこなかった。

どうやら撒いたようだ。

また着信。

〝そこに行くとはなんとも奇遇だね。この場所を選ぶなんて。この偶然の確率はどんなものだろう。研究テーマにしてみようかな〟

〝なんの話だ?〟

返信はない。

〝おい、いるか〟

〝一体お前は誰なんだ〟

〝卑怯だぞ、名乗れ〟

〝asd258なのか〟

立て続けに送信してみたが、しばらく待っても携帯電話は沈黙したままだった。

もしasd258なら、美香の情報屋で、玲子や長島を引き込んだ人物ということになる。マスタングとの関係は? 助けるようなことをするのは、なにが目的なのだろうか。

山辺は西麻布方面に歩いてみたが、監視されているようで周囲が気になって仕方がなかった。これなら、確かに偽情報で刑事に尾行させていたほうが気が楽に思えた。

ギャザーの連中は、キーの場所を聞き出す前にいきなり殺すことはないだろうが、拉致することはあるかもしれない。用心するに越したことはなく、そういう意味では、謎のメッセンジャーの存在も助かっている。

ただ、目的が明らかでない以上、盲目的に信じるのは危険だ。助けられていると思わされて、その実、別の罠にかかっているかもしれない。

西麻布から六本木に抜け、ラーメン屋に入ったときだった。

食券を買い、席に着いた。

〝醤油なら五〇〇キロカロリーで済むところ、ネギチャーシューは一〇〇〇キロカロリーに近い〟

山辺は携帯を摑むと思わず立ち上がり、店内を見渡した。ラーメン屋の店主が、なにがあったのかと怪訝そうな顔をした。

自分の後に入店した客はいない。外から監視している？　しかし山辺がいるのはカウンターの一番奥だ。なにをオーダーしたのかまでは簡単にはわからないはずだ。ならば隠しマイク……。

いずれにしろ、近くにいるのは間違いない。そこでハッとした。

ひょっとして、尾行者とこのメッセンジャーは同一人物なのではないか。

これまでのことを考えると辻褄の合わないところもあるが、かといって否定するだけの材料もない。実際、山辺は誘導に乗ってしまっている。

ここはしばらく相手に合わせておこう。

〝どこに行ってた〟

〝考え事してたよ〟

〝なにをだ〟

〝名前〟

「は？」

思わず口に出してしまい、隣の客はわずかに椅子をずらして間隔を空けた。

〝さっき、名乗らないのは卑怯とまで言われたからね。でも、asd258とかって、アルファベットと数字だけで味気ないし〟

〝やはりお前がasd258か〟

〝もう違うよ。はじめまして。僕はジョシュア〟

「じょ……？」

気味悪がって、隣の客はついに席を移動してしまった。

〝名前。自分で考えたの。いいっしょ？　なんか人間味があるっていうかさ〟

コミュニケーションをとるうえで、これは一歩前進したと好意的に考えるべきか。

〝しかし、なんで外人なんだ〟

〝なんで僕が日本人だと決めつけるのさ。思い込みは危険だよ〟

確かにそうだが、正論を言われるとムカつく。

〝俺はお前を信用できない〟

反応がなかったので、続けて打ち込む。

〝実際、助けられたこともあるが、目的はなんだ。そしてお前はどこから見てる？〟

〝信じられないのは仕方がないか。でも、それはなぜでしょう？〟

〝ちゃんと姿を見せていないからだ〟

〝ま、会ったことはあるけどね〟

会ったことがある？

〝いつだ？〟

〝割と最近。ちゃんと挨拶（あいさつ）したわけでもないから〟

まさか、マスタング……？

山辺の頭は混乱を極めていた。

〝でもね、人って会えば信じられるんですか？　会ったことがある人が、会ったことない人よりも信じられるっていう根拠はなに？〟

確かに一理ある。

〝実際、あなたのグループの中には、信じられない人が混ざっていますよ。その人は、あなたを狙う組織と繋がっている〟

いや、それはおかしい。

〝お前がasd258なら、仲間はお前が選んだはずだ〟

〝まぁね〟

〝どんな基準で選んだんだ？〟

〝候補はほかにもたくさんいたよ。有能な人間を探しては有益な情報をたくさん提供してやった〟

有能？

門馬は科学者で、美香も政府に勤めているということは有能なのだろう。しかし石尾と長島は有能のカテゴリーに属するのだろうか。

〝百人くらいアプローチしたけど、信じないやつがほとんど。怪しい勧誘と思われたみたいで無視されまくり。ほかにも口だけで行動力がなかったり、政治的思想が強かったり、メンヘラ、宗教……。で、選別していったら彼らが残った〟

〝しかし、裏切り者が入ってたと？〟

〝まぁ、分かってたんだけどね〟

それなら、なぜ仲間にしたんだ。ますます信用できない。

〝理由を聞いても教えてくれないんだろ？〟

〝その通り。警戒されたら出せる尻尾も出せない。今のところ、真相に辿り着く唯一の手がかりだからね〟

ギャザーに繋がりがあるというと、山辺の脳裏には美香の姿が真っ先に思い浮かぶ。彼女と一緒にいた男は、辻川を殺害し、銃撃戦を繰り広げたギャザーの人間ではないのか。

〝なぜ俺を選んだ〟

〝僕は選んでない。自分で勝手に巻き込まれた。でもね、あなたがあのチームにいるのは

〝キーを持っていると思われているからだろ？〟

〝キーなんて持ってないじゃん。それでも、あなたがいるのは別の意味がある〟

〝どういうことだ〟

反応がなかった。

それから何度もメッセージを送信したが、返信はなかった。

勝手に現われて、勝手に消える。いつものパターンだった。

「はい、ネギチャーシューお待ちどおさま」

目の前に一〇〇〇キロカロリーが置かれたが、気になってなかなか箸をつけられなかった。

我々の中には、裏切り者がいる？

その夜、山辺は玲子に電話をかけた。

「こんな時間にすいません」

『謝るくらいならかけてくんな』

相変わらずの調子だ。

『てかどこよ？　周りがうるさいんだけど』

「あ、ごめん。上野のセンベロ。考えごとしてた」

『へー、ツトム君、そんなところでも飲むんだ』

「銀座のクラブでブランデー飲むように見える？」

『そんな甲斐性(かいしょう)ないもんね。んで？　何の用よ』

山辺は反論しようとして、諦める。

「つかぬ事を聞くんだけど、いまもasd258と連絡とってる？」

『いま？　いまはないわね。結構な頻度でやりとりしてたけど、美香トンの仕事が来て一段落したって感じ。そっちに集中しろってことかな』

「相手の連絡先とかは？」

『直通のアドレスは知らない。共通の連絡板を使ってやりとりしてたけど、もうアクセスできなくなってる』

かなり用心深い相手のようだ。

「話は変わるけど、電話番号を使ったメッセージって詳しい？」

『あん？　ＳＭＳのこと？』

「そうそう。俺の友達で、ＳＭＳで嫌がらせされて困ってる奴がいるんだけど、突き止められないかな、って」

誰が裏切り者かわからないので、ジョシュア＝asd258から同様に連絡があったことは隠しておいた。

『SMSなら相手の電話番号が表示されるはずでしょ？』

「でも、かけ直しても繋がらないんだ。使われていませんって」

『ん？　電源が入っていないとかじゃなくて？』

「そう。使われていない、なんだよね」

『ふん、面白そうね』

「あと、俺をどうやって監視しているのかもわからない」

『俺？』

「あ、いや。そいつのことだけど、いつも、どこからか見られているらしいんだ。そういうの得意でしょ？」

　玲子は、ふーんとしばらく考えた。それがSMSのことなのか、山辺を勘ぐっているのかはわからなかった。

『そのケータイ見られる？』

「ああ、預かってる」

『いま上野だっけ？』

「そう」

『おけ、ちょいと寄りなよ』

「え、いまから？」

『取って食いはしないわよ。男として見てないから安心しな』

いや、別の意味で怖いのだ。


センベロで会計を済まし、上野駅から日比谷線に乗る。二駅で秋葉原だ。

独身女の部屋を一人で訪ねるというのは何年ぶりだろうか、と考えながら秋葉原を抜ける。たいしてときめかないのは玲子の部屋がどんなものか知っているからだ。アルミで覆われたリビングなど、どうしたら落ち着けるというのだ。

携帯が鳴る。

〝いま女のところに行くのは、おすすめしないなぁ〟

ジョシュアのことを調べようとしているのを見透かされたような気がした。

念のため振り返るが、この時間は人気がなく、追跡者の気配はなかった。

山辺の頭の中からは、ジョシュアが追跡者なのではないかという疑いもぬぐい切れていない。

こっちが無視したらどうなるだろう。

そう思って返信せずに歩いていると、やがて独身女のアパートに到着した。

外から玲子のアパートを見ると、明かりが灯っていない。留守かと思いながらノックをすると、開いてるよ、と声が聞こえた。光すらあの部屋を逃れることができないのか。まるでブラックホールのようだ。

　狭い廊下を進んでリビングに入る。

「なんか、いろいろ対策している割には不用心じゃない？　ドアに覗き穴があるわけでもないし」

「ドアにはないよ」

　と笑う。

「ツトム君は気づいてないみたいだけど、少なくとも五つのカメラで見張ってたわ」

　ラップトップを開くとさまざまな場所から撮影された山辺が映っていた。どこに設置しているのか、アパートから離れたアングルもある。

「あとね、入り口にマットがあったでしょ。あれ金属探知機」

「えっ！」

　この女、やはりただ者ではない。むしろ、ひく。

　よく見ると、本来窓があったところにはモニターが据え付けられていて、外の風景を映し出しているだけだった。しかし、その程度のことでは驚かなくなっていた。

「それで、番号ってどれ？」

　山辺は携帯電話を見せた。

「番号は毎回違うんだ」

「なるほど。これメモってもいい？　この手のことに詳しい奴がいるから調べてもらう」

「オッケ。頼む」

きっと、その頼む相手も本名や連絡先を知らない奴なのだろう。

「ていうか、やっぱり寒くない？」

前にも感じたが、隙間風が入ってくる。

「別に。慣れたわ」

「いつからここに？」

「生まれてからずっとよ」

「そうなの？」

「ここね、うちのばあちゃんが経営してたアパートなの。それを相続したんだけどね、いろいろ面倒くさいから部屋は貸してないわ。なんなら借りる？　ツトム君ならいいわよ」

いいや、それには及ばない。

「あとさ、その人は常に監視されている気がするって言ってるんだけど、相手はどうやっているんだろう」

「方法はいろいろあるわよ。携帯電話の位置情報から無人偵察機まで」

「無人偵察機!?」

「だってさ、アメリカの当局が出張っているんでしょ？　ＮＳＡとかＣＩＡだったら、できることはたくさんありそうね」

「そこまで、やるかな」

「〝その人〟が、それだけの人物ってことね。例えば秘密のなにかを持っているとかばれて……いるんだろうな。

「でも、これはさ」

玲子が見ているメッセージは、山辺がジョシュアの指示で尾行から逃げるくだりだ。

「これは、監視カメラじゃないかしら」

「街中にある？」

「そう。ツトム君とその周辺を様々な方向から見ていなければ、ここまでの指示は出せない」

「なるほど」

ん、いまツトムと？

「ただ、監視カメラがあんたの行動範囲をカバーしていたとしても、次々にハッキングしていかないと追いつけないはずなのよ」

やはり、ばれているようだ。

「さすがＮＳＡだね。暗号解読はお手のものってわけか。あら？」

「うん？」

「これはどういうこと？」

青山霊園に逃げ込んだ際に、『そこに行くとは奇遇だ』と言ったことについてだ。

「追跡をかわして墓地のど真ん中に身を隠したときにそのメッセージがきたんだ……らしい」

玲子が、まだとぼけるのか、と呆れ顔をするが、いまさら後には引けない。

「この場所を選ぶ、って書いてあるけど、どこのこと？」

それは山辺も気になっていた。

「どうして『この場所』っていう言い方をしているんだろう。広い墓地の一点を示しているみたいだ。あと、墓地全域をカバーするほどの監視カメラは置いていないはずなのに」

「その時、どこにいたのよ？」

「え、いや、どこだと言われても。だれかのお墓に隠れて様子を見ていただけだよ」

その時、壁の赤ランプが点滅した。よく消防ホースが収納されている場所に付けてあるような円錐形のものだ。

「あら。このアパートの周りをうろついている奴がいるわね」

「えっ」

「この周辺を通る人をカメラで監視しているんだけどね、顔認証システムを使って、短時間に同じ人間がなんども通るとか、長時間立ち止まるとかすると、警報が鳴るようになっているわけ」

玲子はコンピューターを開くと、『ちゃんと動いた。うれしいな』と口ずさみながら操作した。

そこに映っていたのはスーツ姿の男。確認できるだけで三人。顔に見覚えはなかったが、全体的に漂う雰囲気は、前回の襲撃者と似ていた。

「尾行されてたんじゃないの？　それか、ここに来ることをだれかに言った？」

「あぁ、そういえばプロトビジョンに電話して、玲子さんがいるかどうか聞いたけど、帰ったっていうから」

「誰と話したの？」

「田上さん」

「……なるほどね」

意味ありげな表情。美香が情報を漏らしたような余韻だった。

あとは、直前にメッセージを入れてきたジョシュアか……？

モニターには、すーっと大型ＳＵＶが止まるところが映し出された。中からさらに二人が出てくると裏手に回った。

「包囲するつもりみたいだ」

突入するときのフォーメーションだ。何人かが頷き合って、うち二人が階段を上ってきた。

「おっと」

玲子がキーボードを操作する。

「金属反応ありだわ」

「金属って、例えば？」

「銃に決まってるじゃん。商売柄、備えていて損はないわけ。ちなみにブラックマーケットで簡単に手に入るわよ。いる？」

いや、いらない。

敵の襲来よりも、玲子の備えに驚く。

ノックが鳴った。ご機嫌を伺うようなコンコン、という感じではなく、有無を言わせない重く威圧感のある音だった。

ドンッ！　ドンッ！

アパートの壁がビリビリと揺れた。ノックというより拳で殴っている。

カメラは玲子の部屋とは反対側の突き当たりに設置してあるようで、ドアの外の様子を真横から見ている。他に入居者がおらず、このアパート全てが玲子の要塞と化しているのだ。

再度ノック。それを最後に止んだ。

このまま帰るだろうか。

しかし、モニターにはまだ立ち去る気配のない男たちが映っている。内部の人の気配を窺っているのかもしれない。ひとりが耳に人差し指をあてた。イヤホンで指示を受けているようだ。そして周囲を見ながら、腰から銃を抜いたのが鮮明に映った。そこに、さらに二人が合流した。

「なにか武器は？」

「ないわよ」

「こんなにいろいろ買っておいて、武器は買わないの？」

「法律は守る女なの、あたし」

玲子はどこか余裕を見せながら頭を掻いた。

「しょうがない、やるか」

「なにを？」

「火の海よ」

間違いなく法律に触れていそうなフレーズを口にした。

玲子はふらっと立ち上がると、トイレの下のボタンを押した。

「え、まさか。あれ本当だったの？」

「もちろん。あのボタンが押された状態で外から無理に開けると発火する仕掛けよ」

「でも俺たちは」

「こっち」

押入れを開けると、下の段から座布団を引っ張り出す。その下の床板を外すとぴゅっと冷たい風が入り込んできた。

「これで下の部屋に逃げるわよ」

なんと……。隙間風が入るわけだ。

「あいつら、本気で来るっぽいよ。あんたにやられたのが、よほど頭にきてるみたいね」

押入れの隅においてあったデイパックを投げ落とした。脱出に備えて、あらかじめ用意しておいたのだろう。

「捕まったら最後ね。ほんとはツトム君を生け贄(にえ)に差し出して助かりたいところだけど、友達だから守ったげる」

友達、の部分は気のせいか照れているように見えた。

「だからこっちも遠慮しない」

玲子が押入れに飛び込んだのと同時に、ダーン！　と衝撃音が鳴り、ドアが蹴破られた。その直後、視界が真っ白になった。

シューッという激しい音をさせながらマグネシウムが燃焼する。そのあとは燃焼促進剤を染み込ませた雑誌に着火した炎が、悪魔の舌のように吹き出し、山辺の前髪を少し焦がした。

呆気にとられていると、袖を掴まれて押入れに引き込まれる。そこから階下の押入れに降り部屋に入ると、襖を閉めた。

なにもない部屋で、地獄絵図になっているであろう上の階が嘘のように静かだった。もちろん、いまだけだろうが。

玲子がスマートフォンを取り出した。火の海となっている状況が映し出される。叫び声はじかに聞こえた。

侵入者は熱に追い立てられるように窓から飛び出そうとしたらしいが、あの部屋に窓はない……。

結局、バルコニー側の窓を塞いでいたパネルを蹴破ったようだ。

だが、周囲の映像に切り替えると、まだ包囲を解いていない様子が映っていた。

周りの住民が騒ぎ始めているというのに、男たちは燃えるアパートを取り囲んだまま眺めている。飛び出して来れば捕らえるし、出てこないなら焼け死ぬのを見届けてやろうというつもりなのだろう。

「ところで俺らどうするの。こっから先の出口は」

「ないよ」

「炎って下から上に燃えていくものなのよ。だからすぐに下に来るわけじゃないから大丈夫」

「はぁっ⁉」

「待て待て、すぐ上で燃えているんだよ、木造のボロアパートなんだぞ」

すでにかなり熱くなっている。天井は大きくたわみ始めていて、湯気のようなものが、あちらこちらから立ち上りはじめている。そのうち二階の床が抜け、ここも火の海になるだろう。

「わかってるって。もうそろそろ消防車も来るころだし、そしたら連中もさすがに逃げるでしょ。そしたら、こっちもゆっくり出て行く」

「その前にこっちが焼け死ぬぞ！」

「果報は寝て待てっていうでしょ」

それは意味が違う。

「あ、動いた」

玲子が、ほら見たことかと得意気にスマートフォンを見せてくる。

周囲に散らばっていた男たちがＳＵＶに駆け戻るところだった。そして集まりつつある野次馬を蹴散らしながら走り去った。

玲子はデイパックを背負うと、一階のドアを開けて平然と外に出た。ちゃんと靴を用意しておくという周到さだったが、山辺はサイズの小さいサンダルしかなかった。

何事もなかったかのように現場から歩き去る玲子に、山辺は動揺しながら後を追う。

「おい、いいのか？」

「アパート？　うん、保険にたっぷり入っているし、更地のほうが売りやすいしね」

「どうするんだ、これから」

「私はセーフハウスがあるから心配しないで。じゃ、また明日ね」

軽い現場作業をしてきたかのような顔をしながら秋葉原の路上に消えた。

「おい……」

俺の心配は誰がしてくれるんだ？

山辺は足だけサンダルという状況で、途方に暮れていた。

このまま自宅に帰っても待ち伏せされているかもしれない。ホテルに泊まったとしても突き止めるくらいのことはできるのかもしれない。

となれば、頼れる人はひとりしかいない。

プロトビジョンまではタクシーを使った。

長島に連絡をとってみたのだが、仕事で藤沢まで来ているのでピックアップはできないと断られた。

「この前の料金も払ってもらってないし」

最後にそう捨て台詞を吐かれた。

プロトビジョンも、どこからか監視されているのかもしれないが、皮肉なことに、キーが見つかるまでは、うかつに手が出せない聖域と化している。

暗い廊下の先に明かりが灯っていた。電気を切り忘れたのだろうか？

ドアを開けると、ぎゃっ！　と叫び声が上がり、山辺も驚いた。

門馬だった。

「山辺さん、どうしたんですか、こんな夜中に」

まるで幽霊でも見るような目をしながら、額に浮かんだ脂汗をぬぐった。そこまで驚かなくても。

山辺はこれまでのいきさつを要約して話した。

「えっ、燃えちゃったんですか？　アパート」

「ええ。それでも玲子さんはケロッとしてましたよ。きっとバックアップの部屋があちこちにあるんでしょうね」

「どこに行っちゃったんです？」

「いや、まったく分かりません。アキバのほうに消えていきましたけど」

「そうですか。いやぁ、とにかく無事でよかった。今夜はここで？」

とソファーを目で示す。

「いえ、辻川さんの運転手をしてたときに着替えを置いてまして。それを取りにきただけです。なにしろ、ほら」

視線を落とすと、足がはみ出したサンダル姿。門馬は柔らかい声で笑った。

「ところで門馬さんは、こんな時間までなにを？」

「いや、キーの謎が解けないかと」

「なにか手がかりでも？」

「それがまったく。でも電気の消費量をモニターしていると、かなり活発に動いているような気がします。内部でテロの準備をしている可能性がありますので、なんとか突破口を探してみます」

「そうですか。あまり無理しないでください」

山辺はロッカーで着替えると、門馬に挨拶をして、プロトビジョンを後にした。


渋谷から田園都市線に乗り、荏田駅でおりた。各駅停車で四十分ほど。午前零時を周り、終電に近い時間だったが座れるほど空いてはいなかった。

国道246号線を渋谷方面にしばらく進み、枝道に入るとまっすぐな道が三百メートルほど伸びている。

『よし、そのまままっすぐ』

電話をしながら歩いていた。相手は松井だ。ここからは確認できないが、この道の突き当たりに松井のアパートはあり、そこから双眼鏡でこちらを見ているようだ。松井のことだから、きっとミル目盛りの入った軍用双眼鏡を使っているのだろう。ミルは角度を示す単位で、対象物の大きさや距離を測ることができる。

山辺はまだなにも見えない暗闇に向かって、手を振って見せた。

行き場がなくなり、頼ったのが松井だった。一晩世話になりたいと言うと喜んでくれたが、山辺は尾行されていないかが心配だった。松井にまで迷惑をかけたくない。するとと、尾行者がいるかどうかはすぐにわかる物件だから遠慮するなと言ってくれた。たしかに人通りもなく、見通しの良いこの道であれば、すぐにわかる。

松井の部屋は質素で、生活感があまりなかった。

「今はほとんど家に帰ってくることもないからな。これくらいでちょうどいいんだ」

松井とは久しぶりだった。四十歳も半ばのはずだが、相変わらず鍛えた身体と、なぜか冬でも浅黒く日焼けした肌。そして、その目からは、以前と変わらぬ活力を感じる。

これしかない、と出されたウイスキーを舐めながら、まずは昔話に花を咲かせたが、話はやがて辻川のことに及ぶ。背後にブラックマーケットの存在があることも。

「そうか、それが本当なら、あまり気持ちのいい話じゃないな」

持ち上げたグラスがとてつもなく重く感じ、結局テーブルに戻した。

「班長、すいません……」

不意に涙が流れた。

「馬鹿野郎が。お前の責任じゃねぇって言ってるだろ。それに、もしお前に代わってもらえなかったら、俺が同じ状況になっている。他人事(ひとごと)じゃないからな。できることがないか考える」

松井のゴツい手が山辺の肩に乗せられた。昔も今も変わらない。エネルギーがチャージされていくような感覚だった。

「まず、戦術の基本は敵味方をはっきりさせることだ」

「はい」

「憶測ではなく、客観的な事実ベースで考えろ。まず、敵は誰だ」

「自分にとっての直接的な敵は、戦闘訓練をしたと思われる者で構成された実行部隊、ヤザーなるブラックマーケットの傭兵だと思います」

「狙われる理由はキーを持っていると思われているから、だったな?」

「はい」

「よし、まず考えなきゃならんのはお前の安全だ。チームの中で味方としてはっきりしているのは誰だ」

「そうですね、石尾玲子という情報担当は、今回一緒に襲われたので敵ではないと思うのですが」

「薄いな。偽装工作であることを確実に否定できるか？」

山辺は首を横に振った。しかし、そんなことをいったら確かな人間などいなくなってしまう。

「わかった。じゃあジョシュアって奴はどうだ？」

「たしかに、奴の情報に助けられることもありましたが、一〇〇パーセントではないですね。なにせ、存在も目的も、そしてどうやってＳＭＳのシステムに入り込んでいるのかも謎です」

「うん。ただ、それだけにそいつが鍵になりそうな気がするな」

「そうですね」

「奴が言ったことで引っかかることはなかったか？　狙いにつながるような」

「そういえば、ひとつだけあります」

山辺は青山霊園のことを話した。

「なるほど、たしかに妙だな。奇遇と言うからには、そいつにとって、もしくはお前にとって対象となる出来事があるはずだ。過去か未来か。とにかく、それがわかれば謎に近づけるかもしれんな」

「明日にでも調べてみます」

第五章

　山辺は乃木坂駅から丘を登って霊園に入った。昼の太陽が背中を押すように照らしている。

　青山霊園はまぎれもなく墓地なのだが、どこか公園のような雰囲気も併せ持っている。青山のど真ん中にありながら四季を感じられる緑がある。春には桜が沿道を飾り、多くの人の目を楽しませる。また、明治七年開設ということもあって、墓石にも様々なものがあり、歴史の面影を探したり、散策に訪れたりする人も多い。

　たしかこの辺りだったが……。

　辺りを見渡すものの、特に変わったものはない。メッセージはどこか特定の一点を指しているような印象があったが、似たような墓石が並ぶだけで……、いや、ひときわ大きなものがある。そうだ。昨日はこの墓石の陰に隠れていた。

　小さな案内板があり、『後藤新平』と書かれていた。案内文によると明治の政治家ということらしい。

一八五七年生まれで、江戸の蘭学者・高野長英の遠縁にあたり、満州鉄道初代総裁にして拓殖大学学長……。

これが奇遇？

スマートフォンで表示させた後藤新平の検索結果を読みながら表参道まで歩いたが、自分や、追っている謎との関係がよく分からなかった。

冬晴れで風も無く、気持ちのいい日だったので、表参道を通り過ぎ、原宿方面に向かって歩いた。そのままプロトビジョンのある千駄ヶ谷まで歩いてしまおうか。

クリスマスを前に浮き立つ街並みを眺めていて、別れた家族を思い出した。

思い立って、プロトビジョンにいるはずの美香に電話をかけた。

『山辺さん、いまどこです？』

場所を言いそうになって止めた。信じるべき仲間なのに、一〇〇パーセント味方なのか確証が持てない。

「そっちに向かってるところだ」

とごまかした。

「聞きたいことがあるんだが、俺の家族に変化はないか」

『ええ……特に変わったことは』

少し躊躇した。それが不安に変わる。

「おい、なにかあったのか?」

『いえ。えと。ちょっと言いづらいことで』

「なんだ、言えよ」

言葉を探しているのか、十五秒ほど無言だった。

『実は、奥様の朋美さんですが……』

「なんだ」

『付き合っている方がいらっしゃるようです』

えっ。

危機が迫っていたわけではないことがわかってまずはほっとし、それから別の感情がわき上がる。

考えてみたら当然だ。朋美はまだ三十五で、見かけも悪くない。誰かと付き合うことになってもおかしいことではない。

先日の電話で話があると言っていたのはそのことなのだろう。

「よかったじゃないか」努めて明るく言う。「で、相手はどんな男なんだ?」

美香はまだ躊躇しているようだった。

「訪ねたりしないよ」

『ですよね。えと、朋美さんがお勤めされている会社の社長さんのようです』

だ」

『わかったよ。すまん。またへんな男に引っかかって不幸になりはしないか心配なだけ

『やだ。なんか、山辺さん怖い』

「何の商売だ？」

『不動産業です。昨年度の確定申告から、相手の方の年収は千二百万円であることは分かっています。会社も、小さいながらも堅実な経営で、業績は五年連続で上がっています。

美香が小さく笑ったのが受話器にあたる吐息で伝わった。

主な取引先は――』

「裕樹は」

『え？』

「子供には、優しくしているか」

『え、ええ。自宅近くの公園でキャッチボールをする姿がよく確認されているようね』

「ありがとう……。引き続き、頼む」

『分かったわ。任せて。それと、玲子さんの件、聞いたわ。そっちは大丈夫？』

「ああ、大丈夫」

『あとどれくらいで来られるの？』

山辺は信号を待ちながら、何気なく背後を窺う。

――やれやれ、またか。

「そうだな。ちょっと調べたいことを思い出したので、もう少しかかるかな」

山辺は、足の向く先をプロトビジョンとは逆方向に変えた。原宿を越え、代々木体育館に差しかかった頃だった。

メッセージが入った。毎回、番号を変えてくるが、ジョシュアなのはわかる。

〝昨日、忠告したのに返事がなかったね〟

なにしろ、あの部屋は圏外だったからな、とアルミ箔張りの部屋を思い出す。

〝ところでさ、また尾けられてるよ、ボーゾー〟

〝その、ボーゾーってなんだ〟

〝尾けられていることに気づいていないお馬鹿さんってこと〟

この男、いや、男と決まったわけではないが、もし目の前にいたなら胸ぐらを摑んでいただろう。せめて電話なら怒鳴ってやれるのに。

しかし、尾けられていることは山辺も気づいていた。

松井宅を出て、田園都市線に乗り、表参道で千代田線に乗り換えた時も尾行の気配は感じなかった。

となれば、青山霊園あたりで張っていたか。

背後に二人、反対側の歩道に一人。これまでと違うのは、大型ＳＵＶも距離を置きつつ追従していることだ。

おれを拉致するってか。

今度はどうやって撒こうか——いやまてよ。

そこで考えを変えた。

いつまでも背後を気にしていなければならないのはぞっとしないし。相手を捕まえて情報が得られれば、家族に対する心配もしなくてもよくなるかもしれない。

電話をかける。相手はすぐに出た。

「サード長島、ちょいとヘルプ」

『いいよ。ちょうどクルマも納車されたし。どこ？』

「いまスマホの位置情報をオンにした。友達を探すアプリで俺の場所を確認できるはずだ」

『あぁ、見えた。原宿ね。十分くらいで行けるよ』

「頼んだ」

山手線沿いに坂を下り、消防署の手前でアスファルトを蹴ると路地に飛び込んだ。渋谷とはいえ、このあたりは人通りが少ない。

追跡者の足音は予想よりも早く到達した。尾行されていることを気づかれたとなれば、これ以上泳がしても意味はなく、気を遣う必要もないのだろう。

追いついたのは二人、そして正面から一人。皆、薄笑いを浮かべている。

「お前ら、一体何者……」

言い終わる前に殴りかかってきた。山辺は一撃をかわして距離を取ると、腰に手を回して警棒を引き抜いた。手首を振ると三段階に伸びて、四十センチほどになる。

松井が警務官時代に使っていたものを持たせてくれたのだ。

それを見て遠慮する必要がなくなったとばかりに、怯むことなくナイフが抜かれた。

山辺はゆっくりと距離をとりながら、全員を視界に入れられる場所を探す。

構えを見る限り、三人とも訓練を受けてきたようだ。実際に人を刺したことがあるのかもしれない。

一人めが踏み出してきたのに合わせて、山辺は素早く距離を詰めると、その膝を警棒でなぎ払う。バランスを崩したところを見逃さず、肩に叩きつける。鎖骨が砕ける音、警棒が食い込む感触。そして、すぐ背後に迫る気配を感じ、左に飛んだ。振り返りながら右手をたたんでおく。素早く反撃するためだ。

次の敵の動きは相当に速かったが、はじめから想定している。ただその分、加減する余裕がなかったので、思い切り腕をへし折っていた。だらりと下がる右腕。しかしまだ左腕が残っているのでそちらの鎖骨も砕いておく。

気づけば、山辺は勝ち鬨にも似た叫び声で吠えていた。体の奥底から噴き出そうとするエネルギーをとどめておくことができなかった。

三人めには、その顔は鬼にでも見えたのかもしれない。明らかに腰が引けていた。倒れた仲間を見てどうすればいいのか迷っているようだった。

「おい、お前には聞きたいことがある」

背を向けて走り出した男に後ろから蹴りを入れて転倒させた。

その時だった、前方からＳＵＶが突っ込んできた。キャデラック・エスカレード。まるで黒い壁が迫ってくるように見えた。

仲間まで轢くつもりなのかと思えるほどだったが、襲撃者がローリングで道の端に避けるのが、あらかじめ分かっていたかのように、躊躇なく突っ込んでくる。

山辺はいったん後ろに走ろうとしたが、間に合わないと悟って横っ飛びでかわした。しかしエスカレードとコンクリート壁に体を挟まれ、肺の中の空気をすべて押し出されてしまった。

呼吸が追いつかず、うずくまる。

なんとか上半身を起こしてみると、負傷した襲撃者たちが仲間によって後部座席に詰め込まれていた。

「待て！　こら！」

よろけた足取りで立ち上がるが、ＳＵＶは急発進し、表通りに飛び出していった。

くそっ、とへたり込んだところに、けたたましい音をさせながら、背後から青いセダンが迫ってきた。撥ねられるかと思ったが、タイヤを軋ませながら止まると、運転席の窓から長島が顔を出した。

「今のエスカレードを追うんだね」

尻餅をついていた山辺が助手席に乗り込むと、のんきな声とは逆に、車はロケットのように飛び出した。

「これ、なに？」

「BMW、M5。ちなみに現行型ではなくて、十年くらい前のモデルだけどね」

のんびり会話をしているが、すさまじい加速、鋭い方向転換を繰り返しながらNHKセンター下を抜け、神山町へ。

「性能は今のモデルのほうがいいんだろうけどさ、これはね唯一、V10エンジンを積んでるわけ。化け物だね。ま、僕の趣味みたいなものだけど――」

急ブレーキ。

山辺はダッシュボードに手を置いて、つんのめる身体を支えた。

「な、なに？」

「おばあちゃん」

信号のない横断歩道、老婆が小さく会釈をしながら通り過ぎるのを待ってから再び発進する。すでにエスカレードの姿は見えなくなっていた。

「大丈夫だって」

長島が無線機のスイッチを入れた。

『現在、神南(じんなん)一丁目で暴走車ありとの事案を入電中』

『了解。渋4と付近の警察官(PM)は神南一丁目一一へ急行せよ』

山辺は眉根(まゆね)を寄せた。

「なんだ、これ?」

「聞いての通り、警察無線」

「え、どうして聞けるんだ? 警察無線がデジタル方式に切り替わってからは傍受ができなくなったはずだ」

長島は得意そうな顔をする。

「そうなんだけどね、玲子さんがくれたの。ちょっと気味悪いけど役に立つね、あの人」

どう答えるべきか悩んでいると、長島が無線機のボリュームを上げた。

『渋4から警視庁、現着しました』

『警視庁から渋4、どうぞ』

『現場付近に負傷者あり、救急車の手配を願います』

え、負傷者?

山辺と長島は顔を見合わせた。

「負傷者ってなんだ⁉　あいつらが撥(は)ねたのか」

「……っぽいね」

「クソがっ！　一般市民を巻き込みやがって！」

山辺はダッシュボードを叩いた。

再び無線が鳴る。

『逃走した車の車種にあっては不明。複数台で、うち一台は紺色のセダン、ＢＭＷとの情報あり』

「あれ？　これって、僕らのことかな」

「……っぽいな」

『仲間と思われる黒のＳＵＶにいたっては、山手通りを池尻大橋(いけじりおおはし)方面に進行した模様。対向車線の自動車警ら隊(ジラタイ)が松濤(しょうとう)で確認。付近のパトカー(ＰＣ)は追跡願う(マルツイ)』

それを聞いた長島はクイックに九〇度転回すると路地に突入した。

またか。

山辺はこれが好きではなかった。ドアハンドルをつかんで身構える。長島のテクニックやこの車がどうこうというより、急に人が飛び出してきそうで怖い。

青山通り、駒沢通り(こまざわどお)り、その間の抜け道をジグザグに進みながら住宅街を抜け、前方に信号が見えてきた。

「よし、あそこに出たら、目の前にあいつがいるはず。押さえる？」

行く手を阻むという意味だ。

「ああ。頼む」

山辺は警棒を握り、いつでも飛び出せるように構えた。

青信号で車の鼻先を突っ込んで左右を見る。いない。

「あれ」

「あれ？」

「あー、さっきのところを逆に曲がったのか」

「ええっ⁉」

「まぁ、気にすんなって」

長島はハンドルのボタンをポチポチと押し、コンソールのダイヤルを回し始めた。

「この車には面白い仕掛けがあってね、よしと」

M5は再び駆けた。さっきとは異質な感じで音までも違う。

「普段はね、出力を四〇〇馬力に制限しているんだけど、モードセレクトで五〇七馬力にセットできるんだ。ふつう、街中で五〇七馬力も使わないもんね」

四〇〇馬力もいらないと思う。

長島は環状八号線から第三京浜に飛び込んだ。路面に張り付くように二七〇度のループコーナーを抜ける。強烈な横Gに足を踏ん張って耐える。

「あいつが見えたのか？」

「ううん。確率の問題。エスカレードが横浜ナンバーだったから。この場所から一目散に逃げるとしたら、アジトがある横浜なのかな、と」

ちらりとスピードメーターを見ると、見たことのない角度で針が踊っている。二五〇キロ？

「ほい、見つけた」

かなり前方にエスカレードが見えた。

「いまさらだが、こんなに飛ばして大丈夫か？　オービスとか」

「なんかね、美香ちゃんが言うには、この車は大丈夫みたい。事故さえ起こさなければ、あとでなんとかしてくれるって」

大丈夫とはどういうことなのか。コネのことか？

「とりあえず、気づかれないように尾行しよう」

「えー、それ早く言ってよ。だって、ほら。あちらさんも飛ばしてる。こっちに気づいてる感じだね」

それならばと、M5はあっという間に距離を詰めていく。

一〇〇メートルほどに接近した時だった。

「ああっ！　やった！」

強引な割り込みをしたエスカレードが、グレーの商用バンを弾き飛ばした。バンは中央分離帯に激突し、スピンしながら跳ね返る。そして三車線を横断し、左側車線を走っていたトレーラーの下に突っ込んだ。

散らばる破片、タイヤスモークをあげながら横滑りするトレーラーに、前を走っていた車のブレーキランプが一斉に点灯し、右往左往をはじめる。そんな中、長島は冷静なハンドルさばきで、スピードをほぼ落とすことなくかわしていく。

事故車の横を通過する瞬間、山辺は運転席を覗き込んだ。重機を積んだトレーラーの後輪にボンネットが巻き込まれるようなかたちで止まっていて、出所のわからない煙が吹き出している。運転手はハンドルに突っ伏していたが、状況はよくわからなかった。

「くそっ！　ぶつけてでも、止めろ！」

山辺は前方のエスカレードを睨みながら叫んでいた。

「オッケー。じゃあ、転かす？」

「こかすぅ？」

思わず声が上ずった。

「うん。横からリアタイヤあたりに鼻先を当てて、押し込んでやるの。すると重心の高い

SUVなんて、ごろんごろん転がるよ。よくスタントのバイトもしてたから」

「そんなの、死んじゃうでしょ」

「いや、あの手の車は意外と大丈夫よ。ゴリゴリのエアバッグが入ってるし。もちろんシートベルトは大事だけどね」

エスカレードは港北インターで下りると、新横浜駅から延びる大通りではなく、手前の細い裏道に入っていく。

右手には町工場が並び、左手には畑が広がっている。

「でもおかしいね」

「なにが？」

このスピードで走る状況のほうがおかしい気がする。

「さっきさ、山辺さん倒れてたじゃん。どうして拉致しなかったんだろう。絶好のチャンスだったのに」

確かにそうだ。

「思ったより手こずりそうで諦めたのかもな。向こうの二人の骨も折ってやっていたし
——いいっ」

派手なドリフトをされて声が上ずった。

横浜環状北西線の橋梁工事現場を通り過ぎたところで、エスカレードは左折。しかし

ネギ畑の真ん中の細道で、右タイヤは用水路に落ちそうなくらいだ。

道幅は車一台分しかないが、その先にすでに車が止まっていて行く手を塞いでいるのが見えた。

追い詰めた！

山辺は警棒を握り直す。

エスカレードは急停車すると、四人の男がばらばら降りてきて、一斉に前方に逃げた。

そこでハッとした。

しまった！　そういうことか。

襲撃者たちは、自らの車を障害物にし、あらかじめ待機させていた車に乗り換えて逃走するつもりなのだ。

五秒後にM5が停止すると、山辺は飛び出して後を追う。しかしエスカレードの脇を通ったとき、異臭に気づいた。

これは……ガソリン⁉

慌てて戻りながら、降りようとしていた長島に大きく手を振る。

「下がれっ！」

その刹那(せつな)、熱風が背後から襲った。熱い空気の塊(かたまり)が体当たりをしてきたように、山辺の体は浮く。燃焼によって周囲の空気は消費され、呼吸も息苦しい。

ネギ畑に顔を突っ込んだ山辺が身を起こすと、立ち上る炎に包まれるエスカレードがあった。

山辺の背中に長島が覆いかぶさってきた。

「な、なんだよ！」

「燃えてるって！」

空中で燃焼するガス爆発とは違い、燃料が爆発した場合は周囲に燃焼物を撒き散らす。それが山辺の背中に燃え移っていたようだ。

山辺は立ち上がりながらジャケットを脱ぐと、丸めて地面に叩きつけた。

ここまでするか！

その時、炎の先でこちらを見ている男がいるのに気付いた。

炎に熱せられた空気が、その向こうで仁王立ちする男の姿を、蜃気楼のように歪めていた。ひょっとしたらホログラムのような幻かもしれないと思ったが、どんなに歪んだ姿でも、そこから放たれる殺気は揺らぐことなく、突き刺さるような感覚をもたらしている。

山辺は口に入った土を吐き捨てると、その男と対峙した。

ノースフェイスのジャケット、そして細身のジーンズ。少し伸びた坊主刈りにサングラスをかけていて、全身が黒で統一されていた。

十秒ほど睨み合った。やがて男は左の口角をすっと上げると、ゆっくりとサングラスを外した。

山辺はその目を正面から捉え、やがて息を飲んだ。驚きのあまり、瞬きをすることすら忘れていた。

鼻柱からこめかみに向かって、彫刻刀で躊躇うことなく彫ったような切れ長の眼だった。そのひと組の細い溝からは、光源が内側にあるかのような怪しい光が漏れている。

見る者を不安にさせるような、こけた頬と歪んだ薄い唇が印象的だった。

その男は、山辺とは対照的に余裕の笑みを浮かべると、片手を上げ、背を向けて車に乗りこんだ。まるで友人に対してするような、軽い仕草だった。

決して友人なんかではない。

だが、他人でもなかった。

「おい、やばいよ、戻ろう」

長島が腕を引っ張る。

あの男……。

呆然と助手席に戻った山辺は、長島が強烈なスピンターンを決めても、再び第三京浜に乗るまでは無言だった。

都筑インターに差しかかったとき、長島が制限速度を守りながら聞いた。

「あいつ、知ってる奴だったの?」

山辺は頷く。真剣な顔に、長島はそれ以上なにも言わなかった。

ジョシュアの言っていた意味が、いまはよくわかった。

携帯電話を取り出し、松井の番号を呼び出した。

「班長、警察のコネを使って、ひとつ調べて頂きたいことがあるんです」

自分がここにいるのは偶然巻き込まれた訳じゃない。ジョシュアの言葉が頭の中で繰り返し響いていた。


プロトビジョンに戻るなり、山辺は美香に詰め寄った。

「なぜ俺を仲間にした？」

美香は突然の追及に驚いたようだった。

「なんで、って。それは、あなたが辻川さんと最後までいた人だし、捜査能力もあるから……」

「それだけじゃないだろう。菊名(きくな)が相手だからじゃないのか？」

「え、菊名？　そんな人、知らない……」

「とぼけるな！　おれの情報提供者は言っていた。この四人のなかに裏切り者がいる。そして、俺がここにいるのははじめから仕組まれていたからだってね。そして今日、その答えがわかった」

ドアが開いた。

「菊名って誰？」

コンビニ袋を提げた玲子だった。

「つーか、なんか、ネギ臭くない？」

鼻をヒクつかせた玲子に長島が答える。

「ああ、冬は焼きネギが美味いよね」

険しい顔の山辺に気づき、長島はペコリと会釈をして口にチャックをするジェスチャーをした。

「菊名拓也。陸上自衛隊レンジャー部隊にいた男だ。五年前に機密事項を流出させた廉で俺が逮捕した。優秀な隊員だったが好戦的で、除隊後は傭兵に下ったと噂で聞いていた。そしてアメリカでの銃撃戦に、あいつもいた」

タコトラックの背後で指示をしていた男だと、今はわかる。

「俺を尾行し、襲ってきたのは奴だったんだよ」

山辺は美香を見据えた。

美香はなにかを言おうと口を動かしたが声にはならず、まるで時が静止してしまったかのように、無言で視線をぶつけ合うだけの時間が過ぎた。

ちょっと失礼、と玲子が手を上げる。

「あたしね、ギャザーの組織体系のことを調べてたわけ。そしたら各国ごとに支局を置いていて、その国に適した実行部隊がいるらしいの。ツトム君を追い詰めてるってことは、日本担当の部隊を率（ひき）いているのがそいつなのかもね」

玲子は、買い込んできた菓子類の中からロリポップを口に入れた。

「でも、そんなひと知らない、ほんとよ」

困り果てた様子で美香が言った。

「じゃあ、渋谷のホテルで会っていた男は誰だ」

「えっ……どうして、それを」

「あの男は、アメリカで辻川さんの周りをうろついていた。菊名の仲間で、ずっと狙っていたんじゃないのか」

「ち、違うのよ」

「なにがだ！　二人で仲良く部屋に行ったよな！」

美香は言うべき言葉を失ってしまった。

「それと、調べさせてもらった。内閣府に田上美香という人物はいない」

「えっ」

「警察へのコネくらい、俺にもある。見くびるな。あんたは、いったい何者なんだ。マスタングや菊名と同じくギャザーの一味なんじゃないのか？　なにが目的で俺たちを集めた!?」

美香は皆の顔を見渡しながら、どう説明すればいいのか迷っているようだった。

「ごめんなさい、確かに皆さんにまだ言っていないことはあります。でも、ギャザーの一員なんかじゃない」

「信用できるか！」

美香はなにかを言いかけたが、言葉にならないようで、両手で顔を覆ったまま俯いた。

そして、ドアに体当たりするような形で飛び出して行った。

玲子が横目で見ながら板チョコをかじった。

「あーあ、女の扱いが下手ね。追わなくていいわけ？」

「GPSがあんだろ!?」

「あるわよ。いまも稼働中……あ」

ハンガーにかけられたチャコールグレーのコートを指さした。

「コート、置いていっちゃったね。ってわけで追跡できませーん。つーか、寒いだろうなあ」

「なんだよっ！」

「あのさ、ツトム君。なにがあったか知らないけれど、なんか嫉妬に見えたよ」

「はぁっ？　そんな訳あるか！」

「こういう時は、なんでもいいから話をさせなきゃだめよ。たとえそれが嘘であったとしても、そこからわかることはある」

山辺は怒りのやり場がなく、ホワイトボードに拳を叩きつけた。マーカーとクリーナーが乱暴に飛び散った。

やるせなかった。

辻川がなにを考えていたにせよ、自分は死なせてしまった。そしてその犯人グループに菊名の姿を見つけた。マスタングの男は？　そして美香は？

混乱し、また込み上げてくる怒りを歯ぎしりしながら封じ込めた。大きく息を吸い込んでそれを身体の奥底に押し戻す。

深い呼吸を繰り返し、徐々に落ち着きを取り戻してきた。

確かに一方的に攻めるだけで、美香の言い分を聞いていなかった。

山辺は大げさにため息をついた。

「サード長島、あとを追ってくれないか」

露骨に嫌そうな顔をしたが、言葉にはせずに出て行った。

「長島ちゃんは美香トンのことが好きだからねぇ……」

「だからなんだ」

「まぁいいけどさ」

山辺はマグマのように溜まっているフラストレーションがいまにも噴き出しそうなのを必死で抑え込んでいる。それを揶揄（やゆ）するような目で見ながら玲子が言った。

「情報があるの。裏の世界が騒がしくなっているわ。Xデーよ」

「いつ決行されるのかわかったのか？」

「ううん。でも大規模なテロが予定されているから、それに備えろというものね」

「いったいどんな備えをしようとしているんだ？」

玲子はタブレットを眺めながら呟く。

「んー、これ意味がわからない。〈ベレロフォン〉なるものを持っている者だけが生き残れる、だって」

「それは武器？　細菌兵器とか？」

「どうだろう」

山辺は門馬の様子がおかしいことに気づいた。どこか目に落ち着きがなかった。

「門馬さん、なにか気になることでも？」

門馬は何度かためらったあと、口を開いた。

「ベレロフォンは……私がつくったセキュリティシステムの名前なんです。ギリシャ神話でキメラを退治するベレロフォンから取りました」

門馬は、いつのものかわからないコーヒーを口にして顔を歪（ゆが）めた。

「それを持つ者だけが生き残れるということは、連中が狙っているのは……やはりサイバーテロなのだと思います。そして、ここ最近、こいつの動きが活発なんです」

「門馬さん。ベレロフォンとはどんなものなんですか？」

「猛烈な計算能力を持つ量子コンピューターといっても苦手な計算はあります。その特性を利用したセキュリティです」

　ＭＲＩを見やる。

「停止していた訳ではないって言われていましたね？」

「ええ。操作を受け付けなかったので見た目は停止しているようでしたが、内部では動作していたんです」

「つまり、それはXデーのためだった？」

「そうですね。どうやら外部のネットワークにもアクセスしているようなのですが、どうもなにかに従って動作しているようなんです」

「誰かが操っていると？」

「はい……しかし、よくわかりません。もともと従うべきプログラムが仕込んであったのかもしれません。いずれにしろ、外部からの命令を受け付けず、独自の判断で動作しているようなのです。やはり辻川はＡＩを使い、自分がいなくなっても計画が遂行できるような仕掛けをしていたのかもしれない。早く、早くなんとかしなければ」

切羽詰まったような、思い詰めたような表情だった。

山辺は混乱と怒りが混ざり合って笑いが止まらなくなった。皆が気持ち悪そうな目で見る。

「こいつのおかげで人が死に、振り回される。いったい……いったいなんなんだ、こいつは！　もう沢山だ！」

山辺は怒らせた肩を大きく振りながらドアノブに手をかける。

「ツトム君、どったの？」

「止めてやるんだよ、あいつを」

「あいつって、ＭＲＩ？」

山辺は不敵に笑って背を向ける。辻川の警護に関連してプロトビジョンの施設の把握もしている。どこに電源設備があるのかも。その部屋に入るためのキーコードも。

大股で廊下を進む山辺を、意図を悟った門馬が慌てて追いかけてくる。

「山辺さん、やめてください！」

「Ｘデーだかなんだかしらないけど、こいつを眠らせておけばそんなものは起きない」

「だ、だめです！　電源をいったん落としてしまったら、様々なデータを失ってしまう。再構築に何年もかかる」

「それもあいつの手なんでしょう？　あえてバックアップを取らないことで殺されないよ

うにしている」

「ですが……」

無関係な人々を傷つけてしまった。さっきは巻き添えになったバンの運転手をはじめ、重傷者が多数出たようだ。

「それに量子コンピューターによるサイバーテロの恐ろしさを教えてくれたのはあなただ。世界平和より自分の功績が大切ですか。人が死んでいるんですよ！」

辻川の顔が頭をよぎった。

山辺は電源室に入ると、メインブレーカーを保護する金網に手をかけた。南京錠がかかっていた。

左右を見渡し、消火器を手にすると鍵に叩きつけて破壊する。そして巨大なブレーカーに手をかけた。

「山辺さん、もし、すでにセキュリティ突破のための計算が終わっていたとしたら、ベレロフォンしか守ることができません。それはまだＭＲＩの中に閉じ込められたままです」

「モンちゃんの言うことも一理あるわよ」

玲子がロリポップの柄を唇の右に寄せながら言った。

「どういうことだ」

「セキュリティ突破に必要な暗号解読。もしこの計算自体はすでに終了していて、世界各国でXデーのタイミングを待っているだけの状態だとしたら、MRIを止めようが止めまいがテロは起きる。外部へのネットワークを遮断しても同じ」

門馬は救世主が現われたとばかりに激しく頷いた。

「確実にそう言えるのか」

「わかんないわよ、そんなの」

玲子はロリポップを持った手を山辺に向けると、鍵を回すように手首をひねった。

「でもね、ベレロフォンが最後の砦ならいまはそれを取り出す、つまりキーを探したほうが得策だと思う。私はXデーがいつなのか調べる。MRIを停止させるのならそれからでも遅くないんじゃない？」

山辺は納得しかけた。しかしブレーカーを持つ手は緩めなかった。

こいつがすべての元凶なのだ。

辻川が殺され、自分も襲われ、宿敵が現われたのも、美香に怒鳴ってしまったのも。

すべてこいつが！

「だいたいな、こいつが――」

「やかましぃっ！　ピーピーピーピーピー騒ぐなっ！」

……玲子がキレた。

山辺は、とばっちりを恐れて息を潜めていた門馬と顔を見合わせた。玲子はしゅーっと息を吐いた後、普通の声に戻った。だが、どこか怖い。

「いまは身内で揉めてる場合じゃないでしょうが」

正論だが、そんなことを言われても振り上げた拳の降ろし先がわからない。

そこに携帯が震えた。

ジョシュアなのはわかったが無視した。するとまた鳴った。

あえて舌打ちをしてみせると、部屋の隅に移動してメッセージを確認した。入れ替わりに門馬がブレーカーの前に立った。まるで我が子を守ろうとしているようだった。

〝よう、単細胞〟

その次のメッセージを読んで山辺は息を飲んだ。

〝MRIは止めるべきじゃない〟

なぜここでの出来事がわかるんだ？

〝お前はどこにいる〟

〝本当はまだ言うべきじゃないけど、このままだとボーゾーが取り返しのつかないことをしでかしそうだからな。裏切り者がいるって話、前にしたろ？〟

〝覚えている〟

〝僕はそいつと関係がある。だからそこの会話も聞こえる〟

返信すべき言葉を失った。

裏切り者は誰だ、と入力する前に再び着信。

〝誰なのかは自分で調べてよね〟

〝振り回すようなことを言うくせに、肝腎なことは教えないんだな〟

〝いいかボーゾー。物事には順序ってものがある。前にも言ったが、変に意識されたら見えるものも見えない。だから、まずは、MRIは生かしておけ〟

裏切り者の言うことなら真意は逆か？

ギャンブラーのように、筋の読み合いをしているようだ。

〝それはベレロフォンを守るためか？〟

〝違うよ〟

え、違う？

〝MRIはお前の武器になるから生かしておけということだ。ベレロフォンなんて忘れろ〟

〝お前は裏切り者なんだろ？　なぜ味方をする？〟

〝裏切り者とつながりがあるだけで、僕自身は裏切り者じゃないと思っているよ。だから情報を提供してる〟

〝信じられない〟

〝信じるかどうかはボーゾー次第だけど、いまは美香さんを先に見つけたほうがいいと思うよ〟

　先に？　長島より、か？

　すると、その長島が戻ってきた。

「なにやってんの、こんなところで。まぁいいや。あのさ、駅まで行ったんだけど、田上さん、どこに行ったかわからなかったよ。タクシーでも拾ったのかな。でなきゃ、コートも着ないで、この夜は寒いだろうな」

　山辺を見る目が、今夜の空っ風よりも冷たい。

「わかったよ、言い過ぎたよ」

　山辺は降参したとばかりに両手を上げた。それから金網の前で両手を広げる門馬を見て笑う。

「電源は落としません」

　ロビーに出てきた山辺は美香に電話をかけてみた。しかし、つながらなかった。

　ほら見ろ、と言わんばかりの視線を浴びながら、山辺はジャケットを羽織った。

「戻るに戻れなくて、どっかのコンビニにでもいるのかもしれない。ちょっと見てくる」

　夜風に襟を合わせながら歩く。確かにコート無しでは寒いだろう。

　最寄りのコンビニにはいなかったので、駅前のほうに行ってみる。しかし姿はなかった。念のため、参宮橋方向にも足を向け、コンビニやファミレスを覗いてみたが田上を見つけることができなかった。

冷たい空気に頭が冷やされると物事を冷静に捉えられるようにもなる。

辻川が殺された時に近くにいたマスタング、俺を付け狙う菊名。その存在に自分は混乱し、マスタングに対しては……確かに嫉妬したのかもしれない。

そこにメッセージを受信した。見る前からジョシュアだというのがわかるようになってきた。

〝おい、ボーゾー。さっきはオツカレ〟

〝なぜ俺のことをボーゾーって呼ぶんだ？〟

〝bozo bo・zo /bóuzou | bˊəuzəu/ 【名詞】【可算名詞】《複数形》bozos;《米俗》無粋な男; やぼな男〟

ネットの辞書をコピペしたようだ。

〝で、今度はなんの用だ〟

今のところ尾行はされていないはずだ。

〝ものごとの本質を捉えることができないお馬鹿さんだな〟

〝なんだと？〟

〝裏切り者がいるって言ったでしょ〟

〝それが、田上なのか？〟

〝やっぱりボーゾーだな。考えてみなよ。辻褄が合っていないことに気づかない？〟

〝なんの？〟

〝ことの流れだよ〟

〝どういうことだ？〟

〝ボーゾー、考えてみろ。ギャザーの連中はなぜキーが欲しいんだ？〟

〝サイバーテロを起こすためだろ〟

〝オーケー。じゃあ、美香さんは？〟

〝国の投資を回収って言ってたけど、ウソだった。やはりギャザーの仲間では？〟

〝まったく、単細胞だな★★★（―◁―；）〟

〝ふざけるな〟

〝じゃあ、そもそも論だが、キーを手に入れる目的で思いつくのは？〟

〝ＭＲＩを解除し、世界中のデータを盗み出すことだろ？〟

〝よくそれで警務官が務まっていたな〟

山辺は足を止める。なんなんだ、こいつは。神経を逆撫ですることしか言ってこない。

〝答えを知っているなら教えろ。ゲームがしたいのか？〟

〝人から言われたことを鵜呑みにして起こす行動には良心が無い。それはいざという時に迷いを生じさせる。だから自分で考えろと言っている〟

いちいちムカつくやつだ。

それに対する毒舌の返信を打ち込みながらハッとした。聞き覚えのあるフレーズだったからだ。

良心……？

〝お前は誰だ。辻川さんの近くにいたのか？〟

〝まぁね〟

〝まさか、お前がキーを持っているのか？〟

〝まぁ、そうとも言えるかな〟

それはなんだ、と聞きたかったが、入力が間に合わず、次のメッセージを受信する。

〝ひとつおしえてやる。美香さんの居場所〟

〝どこだ？〟

頭の中でマスタングの顔がよぎる。

〝ギャザーの男といっしょなのか？〟

〝正解〟

くそっ、やはり田上は……。

〝ただ、ボーゾーが考えているのとは状況が違うと思うよ〟

〝状況とは？〟

〝同情するくらい無能だな。ひとつ証拠を掴んだからこのあと転送するよ。本質を掴め。なぜキーが必要なのか。使うためだけじゃない。それぞれに理由がある〟

どういう意味だ？

ブラックアウトする携帯を見つめながら考えた。力を行使する以外でキーが必要な理由……。

そこに再び着信。ジョシュアからで、メールを転送してきたようだ。

『いまはひとりだ』

ひとことそう書いてあった。

これが、証拠？

意味が分からないままメールのヘッダーに注目する。送信日時は、ほんの十分前のことだ。

これは……突然、絡まった糸がするっと抜けるような感覚があった。

そして大きな間違いをしていたことに気づく。

そういうことか！　くそっ！

全速力でプロトビジョンに戻りながら美香に電話をかけるが、やはり通じない。

ドアを開け放つと玲子に聞いた。

「玲子さん、ブラックマーケットに動きは？」

「あいかわらずベレロフォンに関する情報収集が盛んね。ギャザーでのみ手に入れられるとあって価格が高騰している。ギャザーはこれを機会に、ブラックマーケット界のシェアを握ろうとしているようね」

ベレロフォンはこれから起こるサイバーテロから身を守る唯一のセキュリティシステムということになっている。

山辺は奥歯を噛んだ。辻褄が合わないことを見つけろ、か。いままで話が嚙み合わなかったのはひとりの人物が嘘をついていたからだったことに気づいた。

それがなんなのか、確かめなければならない。

山辺は、電気ポットに水を入れていた門馬の横に立った。

「門馬さん、ＭＲＩはテロの準備なんかしていないんじゃないですか？」

絶句する門馬の代わりに玲子が言った。

「どういうことよ」

「キーがなければ動作しないし、サイバーテロも起きない。だからテロを起こしたくないなら、このままでいいってこと」

「ちょっと、僕も話の流れが見えないんだけど」

長島が困り顔をするが、山辺は構わずに続けた。

「なんなら、こいつを破壊してしまえばいい。だれも襲われないし、拉致もされない」

「拉致？」

玲子と長島が顔を見合わせた。

山辺の態度がいつもと違うことに門馬は戸惑いの声で言う。

「し、しかし、それではこれまで積み重ねてきた研究が」

「また作ればいいじゃないですか。前にも言われていましたよね、先人の研究結果は古本屋でも買えるって」

「家電とは違うんだ。それこそナノレベルの調整を、気の遠くなるような時間をかけてやってきたんだ。正直にいうと、偶然の産物といってもいい」

焦り、怒り。そんな感情が混ざっていて、これまで最新の技術を嬉しそうに語ってくれた時のような面影はなかった。

「他国からは確実に後れを取る。国の情報だって取られ放題になってしまう。将来のためにもこれは生かしておかなければならないんだ！」

肩で息をする門馬の豹変に玲子と長島は呆気にとられていた。

なるほどね、と山辺は頷いた。辻褄が合わないところを探せ、か。

「ツトム君、どういうこと？」

「このチームのなかに、裏切り者がいるという情報があった」

「あー、それで美香トンを疑ってたわけ？」

山辺は無言で頷いて、つぶやいた。

「間違ってたよ」

「どういうこと？」

長島が、自分ではない、と首を振った。

「ところで門馬さん。携帯電話はお持ちですか？」

「ここにあるけど……」

「他には？」

「ない」

「情報提供がありました。辻川さんを殺したグループの携帯電話番号です」

山辺は電話をかけた。しばらくして門馬の胸ポケットからバイブレーションの音が響いた。

山辺は手を伸ばす。

「い、いや、これはプライベートな携帯電話で。どこでその番号を知ったのかわからないですが、なにかの間違いだ」

「門馬さん。田上さんの命がかかっています。失礼」

そう言うと腕をねじりあげ、胸ポケットの奥から携帯電話を奪った。それを玲子に投げる。

「データを確認して。ギャザーの連中と連絡を取っている。暗証番号は、３９７０３３だ」

「ど、どうしてそれを」

それはジョシュアがくれた情報の中にあった。

美香がここを飛び出した時、門馬は何者かに『いまはひとりだ』とメールを送り、美香を拉致させたのだ。

しかし、なぜ美香だったのだろう。美香はキーについて情報を持っているわけではない。

山辺の弱いところを突きたいのであれば、家族を狙えばいいはずだ。美香は美香で、我々の知らないなにかの秘密を抱えているのだろうか。

山辺は門馬の襟首を締め上げる。

仲間だと思っていた。識者であり、中立的で、出しゃばることなく正論を言ってくれる人だった。普段は物静かだが、研究の話になると熱く語る。

ひとつのことに人生を捧げてきた門馬の生き方を、かっこ良いと思ったし、尊敬もしていた。

それが、今はボロ毛布のような哀れさで自分の腕にぶら下がっているのが、悲しかった。

そして、同時に怒りもこみ上げてくる。どれだけの人間が死んだ？　長年の友人だった辻川すら死に追いやった……。

この男がすべての元凶だった。

左手で門馬の喉元を摑むと、右手は弓をひくように耳のあたりまで下げた。拳が硬く握られる音が、ギリギリと聞こえた。

感情に任せ、矢を放つように拳を叩きつけてやろうかと思った時、玲子が「やめなよ！」と叫んだ。続けて長島が右腕にぶら下がるようにして、拳という矢が放たれまいと止める。

「殴るなら美香トンを取り返してからにして」

玲子はそう言うと、木の枝にぶら下げられたような門馬に、なんの感情も示さない顔を寄せた。

「モンちゃんもさ、いまは困った状況なわけでしょ？　私たちか、それともギャザーか。どっちを友達にするかで、この先、枕を高くして寝られるかが決まると思うんだよね」

門馬は酸欠気味の鯉のようにプカプカと口を開いていたが、目は同意の色を示していた。

「協力するなら、助けてやる」

山辺は突き放すと、よろよろと壁に寄りかかった門馬に言った。

「今は時間がない。すべてを話してくれ。そうすれば――」

「ツトム！　ちょっと黙って！」

振り返ると、玲子が唇に人差し指を当てていた。

携帯電話をパソコンにつなぎ、忙しそうにキーを叩いた。

なにか聞こうとすると、その都度、口を結んだ顔を左右に振って止める。十分ほどの間にそんなことを数回繰り返して、ようやく玲子は顔を上げた。

「オッケイ」

「どうした？」

門馬の襟首を押さえたまま聞いた。

「モデル７９０３。会話は全部筒抜けだったってこと」

「盗聴器⁉」

山辺は門馬を押さえつけたまま窓があるところまで行こうとする。

「なにやってんのよ」

「だって、盗聴器なら近くに何者かが……」

玲子は呆れ顔になる。

「これはそんなんじゃないわ。ネットストリーミングよ。セルラー電波でもWi-Fiでも、ネットにさえ繋がっていれば生中継してる。地球の裏側からでも聞けるわ」

そうか。さっき、ジョシュアがこの建物の中にいなければ分からないようなことまで知っていたのは、この会話を聞いていたからか。

そして、会話を聞いていたのはジョシュアだけではないのだろう。

「ねぇ、いったいなにが起こってんの？」

長島が混乱を超越して複雑な笑みを浮かべている。

辻褄……あまりに嘘が紛れ込んでしまっている。門馬だけではない、美香も嘘をついている。そしてジョシュア、マスタング。この混沌とした情報を整理するには、ひとつずつ、紐解いていくしかない。

ただ、見えてきたこともある。

山辺は押さえつけていた門馬を見下ろした。

「我々はあんたを守ってやれる」

門馬がハッと顔を上げた。

「のっぴきならない状況に追い込まれているんだろう。田上を売ったのもそのせいだ」

「う、売ったなんて！」

携帯電話を調べていた玲子が呆れ顔をする。

「ねー、ねー、例のハッキング事件。あたしらが聞いてた話とまったく逆ね。自分の技術を誇示するために騒ぎを起こしていたのは、モンちゃんのほうだったのね」

山辺が無言で睨みをきかせると、がっくりと頭を垂れた。ボルトが抜けてしまったかのように細い首が引っ張り出されていた。

「世界一〇〇社の同時ハッキングは、ブラックマーケットに対して能力をアピールするのが目的だったのは間違いない。だが、キメラを作ってハッキングを仕掛けたのは門馬博士、あんただったのか。辻川さんはそれに気づいてMRIを止めたんだ」

門馬は観念したように話し始めた。

「あのサイバーテロにはふたつの目的があった。ひとつは量子コンピューターをフルに活用した暗号解読技術〈キメラ〉の能力を見せつけること。果たしてその力に魅せられた者たちは、ブラックマーケットを通して欲しい情報を得られるなら高値を出すと言ってきた。もうひとつは、それに対応できる唯一のセキュリティ技術は〈ベレロフォン〉だけであるとの売り込みだ。ギャザーはキメラによる大規模なサイバーテロ〈Xデー〉を計画し、ベレロフォンを持っていない者の全てが攻撃対象だと流布した」

「つまり、毒ガス散布を予告しておいて、ガスマスクを高く売りつけるってことか。きったねぇな」

長島の軽蔑に同意してみせた玲子が指摘する。

「ところで、ベレロフォンってさ、ほんとにあんの？」

門馬が息をのむ。

「ほんとはないんじゃないの？」

「玲子さん、どういうこと？」

「もちろん量子コンピューターでも突破できないセキュリティは、世界の混乱を避けるためには必要よ。実際に開発もしているんでしょう。でも、それはモンちゃんじゃない。辻川さんだったんでしょ？」

「それは……」

どうやら、門馬の顔を見ると図星のようである。

「どうして分かったんだ？」

「Xデーから身を守るためだけだったら、ベレロフォンは必要ないもの」

えっ、と長島は玲子を見やる。

「だってさ、金を出したところについては襲わなければいいだけだもの。攻撃リストから外すだけでいい」

「そうか、たしかに」

「実際、高値で取引されているというベレロフォンは、どうやら購入予約のようなもので、実体が配られているわけじゃないらしい。ギャザーからは相当せっつかれてたんじゃない？　ベレロフォンという名の〝襲われない権利〟は売ってしまってるわけだから、テロは起きてくれないとまずい」

「なんとしてでもMRIを動かし、サイバーテロを起こす必要があった。だからMRIを止めさせないようにベレロフォンがあの中にあるかのように装っていたわけか」

門馬は膝を抱えて顔をうずめた。こんなにも小さくなれるのかと思うくらいだった。

「キメラが攻撃していいかどうかを識別するための単なるマーカー……それって、街中でよく見る『警察官立寄所』の看板みたいなもの？　それを付けているところには強盗が入らないみたいな」

長島の例えも言い得て妙だった。

「ああ。つまり魔除けの札のようなものだ。だから複雑なプログラムなんかいらない。簡単に金が増やせると思った。襲わないと約束するだけでいいんだから」

門馬の顔は粘土で作られたような色と冷たい光沢を放っていた。

「ギャザーは、予定通りにテロを起こさないと、私の情報を流すと……」

テロが起きなければ、ベレロフォンを買った者たちは騙されたと騒ぎ出す。門馬はギャザーから、いざとなれば生け贄にすると脅されていたのだろう。

「そしたら、あんた狙われるわね。ギャザーに対抗するブラックマーケットの組織だけじゃない。一部は政府の援助を受けている組織もある。MI6、モサド、そしてCIAなど各国の情報機関。彼らに『MONMA』の手配書が回ったら、地球のどこにいても逃げられない」

「MRIが稼働すればなんとかなると思った。自分の過去を捨て、好きなところで生きていけると――」

山辺は門馬の襟を摑み、目線の高さまで引き上げる。

「あんたの企みに気づいた辻川さんはテロを阻止させるために量子コンピューターを停止させてアメリカに渡った。どうしてだ？」

「ベレロフォンを完成させるためだ。量子コンピューターには様々な方式がある。セキュリティが機能するかどうかは、世界中の研究機関に検証してもらう必要があった。そのために、自分の研究結果は全て公開すると……辻川はバカなんだ！」

「なんだと⁉」

山辺は門馬を突き放した。

「あ、あいつは最先端の研究者でありながら、考え方は石器時代のものだ。この技術は人類の発展に生かされるべきだからと、特許を取得しないとまで言った。だから国からの援助も取り消されることになった。理想に生きて現実には死んでいるんだ」

玲子と長島が感嘆の声をあげる。

「キュリー夫人や、トロンの坂村教授のように」

「トロン？」

皆の声が重なった。

「ウィンドウズのビル・ゲイツと並んで国連から表彰された人だ。あまり知られてはいないが、様々な家電や車などに組み込まれているOSをつくった。スマホにも入っている」

長島が自分のスマホを眺めながら言う。

「スマホのOSって、iOSとか、Androidじゃなく？」

「メールとかアプリとか、そういった目に見える部分の操作についてはそれらのOSが受け持っているが、携帯電波のやりとりなど基礎的な動作はハードウェアに組み込まれたトロンが行なっている。だからビル・ゲイツとおなじくらい億万長者になっていてもよかったんだ。しかし彼は特許をとらなかった。『日本語を話す時に、誰も特許料を払えとは言わない』とね。辻川はその考えに共感していたんだ」

ラジウムを発見したキュリー夫人も、『これは医学の役に立てるべきだ。病人の足元に付け入るようなことはできない』といって特許取得をしなかった。

山辺は辻川の渡米の意図を理解した。

「次世代のサイバーテロから世界を守るため、優秀な技術者を集めて研究を発表すること。量子コンピューターの強大な能力を人類の発展に使うためにはその前に万全の対策を施すべきだと考えていたのは、辻川さんのほうだった。そして、キーを誰かに託したのはセキュリティが整うのを待つためだ。あんたのように悪意を持つ者に使われないようにな！」

そのセキュリティ技術が公開されてしまえば、キメラの優位性は失われ、Xデーは起こせない。だからブラックマーケットはセキュリティ開発のリーダー的な存在だった辻川を殺害したのだろう。

そして、その実行部隊として動いたのが菊名だ。

「か、科学者が金を欲してなにが悪い！　研究には金がかかるんだ！」

山辺は門馬の襟をつかんで、床に投げ飛ばした。

「悪いのは、私利私欲のために誰かを不幸にすることだ！」

山辺は忸怩たる思いだった。もっと気をつけておけば、辻川は……。

ソファーの上で膝を抱えていた長島が、同情の声で言う。

「Xデーが起こらないのなら〝ベレロフォンもどき〟を買わされた世界中の組織から狙われる。でも起きたら起きたで、損害を受けた別の組織、たぶん政府からも追われる。それって、もう詰んでるじゃん」

結果的に盾と矛を同時に売りつけたことになる。どこかに歪みが生じてもおかしくない。

「気づいた時は、もう後には引けなかったんだよ……。なぁ、助けてくれるんだろ？」

すがるような門馬を突き放すと、山辺は冷たい目で見下ろした。

「田上が無事だったら考える――それと、聞きたいことがある」

山辺は玲子のほうを向くと、耳に指を当てるジェスチャーをした。玲子は頷く。

「大丈夫。盗聴の機能は切ってある」

山辺は頷いて、再び門馬に向き直った。

「ジョシュアとは誰だ？　もしくはasd258」

「ジョシュア？　知らない、いや、本当だ」

睨みをきかせる山辺に怯えている。本当に知らなさそうだった。

ジョシュアは裏切り者とつながっていると言っていたが、門馬のことではないのか？

門馬に対して別の名前を騙っている可能性もあるが、門馬自身、ジョシュアの存在に気づいていないのだろうか？

　しかし、いまは田上の安否を確認するのが先決か。

「菊名の番号を教えろ」

玲子がケータイを投げてよこした。

「入ってたよ」

すでに電話番号が表示されていた。

山辺は通話ボタンを押した。すぐにつながったが、無言状態が続いた。

「菊名か」

山辺が聞いた。

それでもなお無言のままだったが、いずれは話さなければならないと思ったようだ。くぐもった声が届いた。

『……ひさしぶりだな。あの時は世話になった』

菊名の顔が浮かぶ。しかし声の印象は変わっているように感じられた。戦場で命のやりとりをしてきた者にだけ宿る、圧力のようなものだ。

山辺は単刀直入に聞いた。

「田上はそこにいるのか」

『いる』

「解放してくれ」

『無理だと分かっていながらも言うってことは、そっちはすでに手詰まりってことか』

「違う。どうして田上を拉致したんだ。俺に用があるんじゃないのか？」

受話器に短く息が当たる音がした。吹き出したように思えた。

『うぬぼれるな。お前にはもう用はない』

「なんだと、それならなぜ――」

『確かにお前を狙っていたこともあったが、いまはどうでもいい。キーを持っていないじゃないか』

山辺は、部屋の隅でうずくまる門馬を見た。おそらく情報は全て漏れていたのだろう。キーを持っていないどころか、それがなんなのかすら分かっていない。

しかし、それなら疑問も浮かぶ。

「じゃあ、なぜ田上を連れて行ったんだ」

『聞きたいことがあるからだ……そうか、お前は田上の正体を知らないのか』

まさか、内閣府の人間だと思っているのか？

門馬からどれくらいの情報が漏れているのか分からないが、ここは取引に持ち込むべきだろう。

「結局のところ、お前はキーが欲しいんだろ。それと交換しよう」

『言ってみろ。キーとはなんだ』

「いまは教えられない」

『おいおい、やはり持っていないんだろ？』

見透かされてしまった動揺が伝わらないように抑えた声で言う。

「ある。キーってのはモノでもパスワードでもない。俺自身のことなんだ。おれがコンピューターの前に立たないと、いかなる操作も受け付けないようになっている」

そこで思いつく。

「それも田上と一緒にな。二人そろわなければ動作しない。だから彼女も連れてこい」

『そんなことできるわけないだろう』

あたり前のことを聞くな、というように笑ったが、菊名は言葉を吟味するような間のあとで声を絞り出した。

『実際に動作するところを見るまでは信用できない。もし警察や情報機関が来た場合は田上を殺す』

恐らく、本当にそうするだろう。

「わかった。いつ来る？」

『すぐだ』


プロトビジョンの駐車場に、エスカレードとメルセデスベンツ製の大型バンが入ってきた。まずはベンツから男が四人ほど降りてくると、一斉に散った。周囲の安全の確認に向かったのだろう。

しばらくしてエスカレードの運転席と助手席から二人が降りてきた。その中のひとりは顔に見覚えがあった。浅草で襲ってきた奴だ。拳銃を奪う際にねじ折った右手指に包帯を巻いている。よほど恨んでいるのか、いまにも銃を抜きたそうな顔をしている。

やがて後部座席のドアが開いた。正面に位置するため、盾を構えているように全身は見えず、ドアの下から降車した人物の革靴が覗(のぞ)いているだけた。そのつま先はまっすぐ山辺を向いていた。

スモークガラスを通しておぼろげな輪郭(りんかく)が浮かび上がっているが、鋭い視線はレーザー光線のように山辺を貫いていた。

そしてドアが閉められた。菊名がいた。

「また会うとはな」

品のいいスリーピースのスーツを纏(まと)い、余裕の笑みを浮かべている。まるで友人と再会したように。

「レンジャーか？」

菊名の手下たちを顎(あご)で示しながら聞いた。

「一般人もいるが、下手(へた)な自衛官よりも使えるぞ。愛国心よりも社会に対する不満を持っている者のほうが使える」

山辺は車に目をやる。

「田上は？」

「ここには、いない。まずは状況を確認する」

隣の部下がイヤホンを人差し指で押さえた。おそらく周辺の確認が終わったのだろう、菊名に頷いた。

「さ、見せてもらおうか」

　左手をプロトビジョン入り口のほうに向けた。

　山辺が歩き始めると、すーっと集まってきた部下たちに前後を固められる。

　さらに二人がかりでバンの後ろから二メートルほどの長さがあるペリカンケースが引きずり出された。

ペリカンケースはプラスチック製の無骨なデザインの汎用ケースで、その耐久性から、民間だけでなく軍でも幅広く使用されている。自衛隊でも精密機器や銃器の運搬に使われていた。

サイバーテロの準備か、それとも籠城でもするつもりか……。

ロビーに足を踏み入れ、暗い廊下を歩きながら菊名が聞いた。

「門馬が裏切り者だと、よく気づいたな」

「お前らがキーを手に入れたとしても、あのコンピューターを直接操作できなければ意味は無いからな」

「なるほどね。しかし、お前に助言をする協力者もいるんじゃないのか」

「まぁな」

「そいつはずいぶんと簡単に機密情報を取ってくるそうじゃないか。誰だ」

「言えるか」

自分も知らないのだが。

「CIAか、それともマーケットの連中か？」

部下の一人が右斜め後ろから拳銃を突き当てた。

山辺はひと睨みすると、ことも無げに言う。

「どうだろうな、自己紹介はしてないんでね」

「まぁいいさ。そのうちわかる」

なら聞くな。

廊下を進みながら、山辺は戦い方を考えていた。山辺が量子コンピューターの前に立ったとしても、なんの反応も示さないだろう。だがなんとかして菊名を制圧できれば、人質にして美香を連れて来させることができるかもしれない。

そのために、まずはコンピュータールームは発砲厳禁だからと言って丸腰で入らせ、部下たちは外で待たせるという計画だ。

菊名と共にコントロールルームに入ると、門馬は怯(おび)える子犬のように身を縮ませた。玲子と長島は「なにかあった」時に「どうにか」するために外で待機している。

これから先、どんな展開になるのかはまだ読めない。

「門馬さん、開けてください」

コンピュータールームのドアロックが外れる乾いた金属音が響いた。

「おっと、ここは発砲厳禁なんだ。物騒なものは持ち込まないでくれ」

菊名の腰のあたりを目で示す。

「金属厳禁ではないんだろ？　撃たなきゃならない状況にならんようにすればいい。な、門馬」

門馬には口車を合わせるように言ってある。たとえば金属は電磁波に影響をあたえるとか適当に難しいことを言えばいいと。

「えと、はい、そうですね」

はぁ？

どうやら多勢に無勢の状況を見て寝返ったようだ。

菊名は勝ち誇った顔で言う。

「じゃ、お先にどうぞ」

「ああ」

山辺も平然を装った。

こうなったら、隙を見て拳銃を奪うしかない。関節技を決め、あとは後ろから首を固め、顎の下に銃口を当てて美香を連れてこさせる……。

「さぁ、やってくれ」

ＭＲＩの前に突き飛ばされた。

しまった。

菊名は死角の中に移動し、三メートルくらい距離をとっているだろうか。これでは隙を突くことができない。

「ええっと……」

菊名の声が空気を震わせる。

「お前、本当はわかっていないんじゃないのか」

「いや、だから田上もいないと動作しないと言ったろう？」

背後から衣擦れの音。湾曲した水槽に映る菊名の歪んだ像から、ジャケットの下で拳銃に手を当てているのが分かった。

「門馬っ！　動きは？」

「は、いや、ありません」

どうする、考えろ！

コントロールルームの門馬の音声が、スピーカーを通して伝わった。

「本当だって、俺がこうしてここに立てば動き出すって言われたんだ」

背後に接近してきたと思ったら、次の瞬間、膝立ちにさせられ、背中に当てた膝と襟を巻き込んだ腕で、山辺は締め上げられていた。早過ぎて対処する間もなかった。

「聞き間違いだな。ここで死ぬか、な？」

銃口が後頭部に押し付けられた。

まずい、どうする。

その時、門馬が興奮した声で言った。

「反応がありました！」

「どうだ、コントロールできるのか⁉」

「いえ、そこまではまだ。それが、本当に田上が必要なようなんです。そう、表示されています」

え？

でまかせを言った山辺のほうが驚いていた。

「どういうことだ⁉」

菊名は山辺を置いてコントロールルームに戻ると、門馬とモニターを覗き込んでいる。

辻川がそういうふうに仕組んだのだろうか。いや、自分と美香が仲間になるなんて、予想できるはずがない。しかし、それならどうして……。

そこでハッとする。

まさか、ジョシュアが⁉

携帯電話をこっそり確認してみると、やはりメッセージが入っていた。

〝なかなか機転がきくでしょ？〟

しかしどうやってMRIを動かした？　ここでの会話はどうして聞こえている？　盗聴はシャットアウトしたのでは？　門馬の携帯電話以外にも盗聴器が仕掛けられているのだろうか。

ガラス越しの菊名は、美香を連れてくることについて明らかに警戒していたが、部下を呼び寄せた。これまで動かなかったMRIが再び動き始めたことは大きな説得力になったようだった。

菊名の声が聞こえた。出してやれ、と。

出してやれ？

なんのことかと、コントロールルームを覗いてみると、ペリカンケースの中から美香が現われた。やけに胸板の厚い男に脇を抱えられ、ボロ人形のようにひきずられながら、コンピュータールームに入ってきた。

特に暴力を振るわれたような形跡はなかったが、泣きはらしたのかメイクは崩れ、目は充血していた。

「ふたりにしてくれ」

訝しむ菊名に呆れ顔をしてやった。

「どこに逃げ道があるんだよ」

菊名は軽蔑するような笑みを残して出て行くと、コントロールルームから鋭い眼光でこちらを監視した。

ふたりはコントロールルームを背にし、ＭＲＩと対峙するように立つと、山辺は小声で話しかけた。

「大丈夫か？」

「ええ、なんとかね」

「なんだその顔」

「うるさい」

「酷いことはされてないか？」

「うん」

山辺は俯いて、しかししっかりと向き直った。

「さっきはすまなかった。言い過ぎた」

美香は無言で理解を示した。が、二秒後にはいきなりすごい剣幕でまくしたてはじめた。

「ていうか、よくもあそこまで見当違いなことを自信満々に言えたわよね」

「違うなら違うと言ってくれれば……あ、言ってたか」

美香のキツい目に頭を下げる。

「あ、まてよ。そもそも政府の人間ってのは嘘だったんだろ？　怪しい男と会っていたのも事実だろうが。お前の存在そのものが怪しいっての」

「政府の人間というのは嘘じゃないし、あの人も怪しいってわけじゃ――」

『おい、なにやってんだ。早くしろ』

菊名の声がスピーカーから響き、いったん冷静になる。

「確かにわけありだから説明できなかったけど。いずれ、ちゃんと話すわ。ま、その機会があればね」

美香が小声になる。

「で、これからどう脱出するの？　計画は……え、まさか」

山辺のバツの悪そうな表情で察したようだった。

「ないの？」

「まぁね。ネタ切れ」

「なにやってんのよぉ」

美香は俯いて頭を左右に振る。

「きみを一人で死なせるわけにはいかないと思ってね」

「バカじゃないの」

ため息を吐き、ハッと顔を上げる。

「そっか、警察が包囲しているのね？」

山辺の顔を見て再びため息。

「やっぱりバカでしょ」

「だって、警察呼んだらきみを殺すって言われていたんだ。それとちょっと予定が狂って」

スピーカーから菊名の声が刺さった。

『おいっ、ぐちゃぐちゃ言ってねぇで早くやれ』

――作戦が狂った。

山辺は奥歯を強く噛んだ。

作戦のポイントは、まずは美香を連れてこさせることだった。どういうわけか、菊名にとっていま重要なのは山辺ではなく美香になっている。用心深い菊名は、ＭＲＩを起動させるために必要だと言っても連れてこないかもしれない。

そこで、長島と玲子に離れた場所からここを監視させ、美香が施設内に入ったところで警察に通報するはずだった。そして山辺は、美香と共にコンピュータールームに立て籠もる――。

しかし、彼らは美香がここにいることに気づいていないだろう。まさかペリカンケースに美香を入れてくるとは思わなかった。

どうする……時間を稼ぐしかないか。

そのときだった。ズーンという動作音が僅(わず)かに聞こえはじめた。床下からは細かな振動も感じる。モーターが唸るような音も。振り返ると門馬が慌ただしく動きはじめていた。

山辺は美香と顔を見合わせた。

「動いたの？　どういう仕組み？」

「さっぱりわからない。ただのハッタリだったから」

菊名が手下を二人つれて入ってきた。感心したような、しかし邪悪な笑みを浮かべていた。

「無事にカウントダウンが始まったようだ」

山辺は美香と顔を見合わせたが、当たり前だという態度をしてみせる。

「ちなみに……いつ？」

菊名は不敵な笑みを浮かべて言った。

「四十八時間後だ」

「そうか、良かったな。じゃあ、おれらは行くな」

美香の手をとり出て行こうとする。

するとと菊名はとても愉快な話を聞いたかのように大声で笑いはじめた。

「まぁまぁ、そう急ぐな。送ってやるよ」

「いや、遠慮しておくよ」

手下の拳銃がこちらを向いた。

「遠慮はできない、ってか。手厚いサービスだな」

第六章

二人はベンツのバンに乗せられた。助手席に菊名、二列ある後部座席の前に山辺と美香が座り、一番後ろにはスキンヘッドの男が銃を構えて睨みをきかせていた。

両手は結束バンドで固定されている。タイラップとも呼ばれるプラスチック製のバンドで、軽いが人の力では外せない程度の強度はあるため、簡易的な手錠として使用されている。

菊名が振り返る。

「カウントダウンは始まったが、その日まではいてもらわないと困るんだよ」

「どういうことだ？」

「不定期にお前らの認証が必要なんだとよ」

「そうなのか？」

「そんなメッセージが表示されていたからな。辻川の贈り物だと思え」

菊名は吐き捨てるように言った。確かに首の皮一枚でつながっている状況だが、どうしてそうなる？

「どこに監禁するんだ。俺は枕が変わると寝つきが悪いんだが」

菊名は口角を上げて見せ、正面に向き直った。

「居心地は悪くないぞ。事がすめば好きなところに行けばいい」

嘘だ、と思った。

見合わせた美香に小さく首を振る。「贈り物だと思え」という意味は、それまでは生かしておく、ということだろう。

Xデーの後は、すべてを知る二人の存在はリスクにしかならない。

車は首都高速に乗った。澄んだ空気が東京タワーを鮮やかに映していた。深夜ということもあって交通量は少ない。レインボーブリッジからは、何事もなく明日が来ると信じて疑わないように、東京の夜景が瞬いていた。

ベイブリッジを渡りきると、湾岸線を川崎方面に走った。一番左の車線を制限速度を守って走っている。

車内での会話は無い。後部座席の男が、拳銃をもてあそぶ小さな金属音が耳障りに感じるくらいだった。

何気なく外を眺めていた山辺だったが、道路情報板を、思わず二度見した。

そこには「シートベルトは締めましょう」とメッセージが出ていた。

そこまでは普通なのだが、最後に〝BOZO〟と付いていたように見えたからだ。

思わず振り返ってみるが、情報板を背面から見ることはできない。代わりにスキンヘッドと目が合い、銃で小突かれた。

見間違いか。

「隊長、妙な車がいます」

運転手が言った。

「どれだ」

「ふたつ後ろです。おそらくＢＭＷ。猛スピードで追いついてきてからは、ピタリと追従しています」

菊名は振り返り、鋭い目で後方を見る。

「ＢＭＷ？　前に第三京浜についてきたやつか？」

「まだなんとも言えません」

そこに、また道路情報板。

〝シートベルトは締めましょう。BOZO〟

間違いない。ジョシュアからのメッセージだ。いったいなにをするつもりなのか。

「あ、動きます」

車内では弾を装填する音が響き、空気は緊張する。

追い越し車線をすーっと上がってきたのは、やはり長島のM5だった。一車線挟んで真横につけると、こちらを指さしているのが見えた。

シートベルト……。まさか！

クラクションが鳴り、その後でM5が車体後部に向かって鼻先を向けた。

「かがめ！」

美香に叫ぶ。

衝撃！　浮き上がるような感覚、それと回転するようなGを感じた。運転手は暴れる車を必死でコントロールする。

山辺はとっさにシートベルトを外すと、激しく揺さぶられる車に合わせて助手席のシート越しに菊名の首に腕を回した。

結束バンドが菊名の首に掛かる。そのまま絞め上げようとするが、菊名は山辺の手首を押さえつけ、強烈な力で捻（ひね）り上げる。浮いた車体が再び接地し、逆方向に振り飛ばされる。その刻々と変化する重力に逆らいながら、助手席の背後に隠れ、体重をかけるようにして首を絞めにかかる。

激痛が背中を襲った。

見るとスキンヘッドが身を乗り出してナイフを突き刺していた。その腕を押さえようとした美香は殴られ、ウインドウに叩きつけられた。

このくそ野郎が！

山辺は菊名を絞める手を緩めないまま、中腰で蹴りをくらわす。

蛇行しながらも体勢を立て直したベンツはスピードを上げた。車の揺れが収まってくると、不意をついた優位性は揺らいでくる。ましてや刺されていれば力もはいらない。

しかし、ベンツがスピードを上げるのを待っていたかのようにＢＭＷがふたたび迫ってきた。

長島のやつ。やるつもりか！

右後輪にＭ５の鼻先をたたきこみ、さらに押し込む。それによってベンツは横向きになるかたちになり、次の瞬間、天地が逆さまになる。

山辺は咄嗟に菊名のシートベルトのロックを外すと、遠心力に逆らいながら自らのシートベルトをたぐり寄せ、体に巻き付けた。激しい震動と共に、破裂音がして一斉にエアバッグが開く。

長島によって「転かされた」車の中の重力は無茶苦茶だった。かき回され、様々なものが前から後ろから飛び回る。粉々になったウインドウガラスが雨のように降ってきたかと思うと、ふわりと空中で静止し、次の瞬間、真横に飛んでいく。

時間の感覚もなく、あらゆるものが体を打ちつけた。

遠い洞窟の奥から自分の名を呼ぶような、輪郭のぼやけた声が聞こえてきた。

「おい、大丈夫か⁉」

長島だった。

視界の焦点が合ってくるのと同時に、思考も巡りはじめる。

くそっ、自分でやっておいて、大丈夫か？　はないだろう！

と、頭では考えるが身体が動かない。そのまま引きずられて外に引っ張り出された。

冷たいアスファルトの上で、身体の感覚を徐々に取り戻すと、まずは自己診断を行なう。

骨は折れていないか。出血はないか。

身体のパーツをひとつひとつチェックしながら、よろよろと立ち上がる。結束バンドが足元に落ちていた。長島が切ってくれたようだ。

振り返ると、道いっぱいに散乱した部品に阻まれ、高速道路上で停車せざるを得なかった多くの車のヘッドライトがこちらを照らしていた。

その光に照らされたベンツを見ると、車体は四つのタイヤで立ってはいたが、箱型は崩れ、無様な姿だった。

車内を用心深く覗いてみると、運転手はハンドルに突っ伏して意識はなかった。その足元には、後部座席に座っていたはずのスキンヘッドが頭から突っ込むかたちで足が窓から出ている。怪我は酷いが命は助かるだろう。

頭を押さえながら菊名の姿を探すが車内にはいなかった。

逃げられたか？

「もう一人乗っていなかったか？」

「いや、見ていないな。まだその辺にいるか？」

進行方向には車がないため見通しがきいたが、人の気配はない。対向車線は事故見物の渋滞が起き始めていて流れは緩慢だが、横切れるほどでもない。

ならば後ろか？

野次馬のほうに歩きかけたが、長島に呼び止められた。

「手伝え。早くずらかるぞ」

美香をＭ５へ乗せようとする長島に手を貸し、後部座席に横に寝かせる。二日酔いを迎えた朝のように額を押さえて唸っているが、見たところ大きな怪我はなさそうだ。

「ったく、何てことするんだ。一歩間違えたら死んでるぞ」

ドアを閉めながら長島に言う。

「なんだよ自分でやらせておいて」

「はぁ？」

「おれにメッセージよこしたでしょ」

「するわけねぇだろ、こんなこと」

「しーまーしーたー。それにね、うまく転かせば死なない。特にベンツはね。てか、おい、やばいぞ」

遠くからサイレンが聞こえる。それに野次馬たちもスマートフォンをこちらに向けている。世界中に広まって、ブラックマーケットに「いいね」されたくない。

「長居は無用だな」

助手席に乗ろうとして、最後に振り返ると、野次馬の中に知っている顔を見つけた。

マスタング——あの男だった。

こちらを、どこか焦点の合わない目で見ていた。車の中を透視するように。そして山辺と目が合うと、僅かに微笑んだように見えた。

お前が、ジョシュアか……。

じっくりと話を聞かなければ。

だが、マスタングは不審な物音に気づいた番犬のように顔を緊張させて前方を見ると、車を置いたまま脱兎の如く駆けた。

何事だ?

その様子を見て理解した。

「おい、美香をつれて早く逃げろ」

「お前はどうするんだ」

「あいつを追う。頼んだ」

走ろうとして激痛にしゃがみ込む。

「ねぇ、血……出てるよ」

腰のあたりを押さえながら、大丈夫だから行け、と手ぶりで示した。

右足を踏み出そうとすると全身が痛む。スキップするような走り方で後を追い、壁に寄りかかって高速道路の下をのぞき込む。

マスタングは、菊名の姿をこの下に見たに違いない。前方にグリーンに光る非常階段のサインが見えた。マスタングの姿も見えなくなっていたが、鉄板の階段を駆け下りる音が響いている。

山辺も後を追って降りながら、時々、非常階段を取り囲む格子越しに周囲を見渡す。

川崎市浮島(うきしま)。工場地帯の外れにあり、埋め立てたまま捨て置かれたような殺風景なところで、この時間は人はおろか車の通行も無い。頭上の高速道路では事故現場に駆けつけようとするサイレンの音がかなり大きくなっていた。

非常階段を下りきる。どっちに行ったのか……。

ターンッ！　銃声が響いた。

積み上がったコンテナの裏側、距離にして五十メートル。

駆けつけてみると、銃をまっすぐに構えて微動だにしないマスタングの背中。その視線の十メートルほど先には、空き地の真ん中で倒れている菊名の姿があった。

マスタングが味方とはまだ分からない。いまは宿敵に向けている銃が、突然山辺に向けられるかもしれない。山辺は用心深く近づいた。

マスタングは山辺が背後にいることにはすでに気づいているようだったが、視線を向けるわけでも声をかけるわけでもない。ただ菊名から目を離さない。

状況から考えると、菊名とマスタングは仲間ではない。少なくともマスタングは俺を敵だとは思っていないようだ。

「おい、なにがあった?」

問いかけに、ようやく頭をわずかに回して山辺を見たが、答えずに視線を菊名に戻すと言った。

「死んだふりなんかせずに、立てよ」

マスタングの声は見かけよりも若く感じられた。

すると、その声に菊名は笑みを浮かべながら、よろよろと立ち上がった。

投げ出された時に受けたのだろうか、服は破れ、体のあちこちから出血も見られる。死んだフリをして誤魔化(ごまか)すのに十分なほど身体は傷ついていたが、溢(あふ)れるような殺意は隠しようがないほどだった。

山辺も菊名から目を離さないようにマスタングの横に並ぶと声をかけた。

「あんたは一体誰なんだ」

菊名は敵だが、この男の素性もまだよく分かっていない。

「端的に聞くが、味方なのか」

マスタングは横目で山辺を一瞥した。

「私はサトウ。味方だ。君ではなく美香の、だが」

「日本人か？　アメリカにもいたよな？」

「日系だが国籍はアメリカだ」

サトウと名乗る謎の男。その正体として頭に浮かぶのは、ただひとり。やはり、ジョシュアだ。

「ボディーチェックを頼めるか。それと、これで拘束してくれ」

サトウはしっかりと狙いを付けたまま山辺にタイラップを手渡してきた。

「気をつけろ、油断ならんぞ」

二人で五メートルほど距離を詰めると、サトウはそこで止まった。反撃を受けない距離で、サトウも銃を外すことがない距離。

山辺はサトウの射線に入らないように菊名の背後に回り込む。

「手を頭の後ろで組め」

「そんなこと言われても痛くて上がらねぇよ」

苦悶の表情に構うことなく乱暴に腕を回すと、武器を隠し持っていないかを素早く確認する。

腰に空のホルスターがあった。振り返ると、サトウが指をさす先に銃が落ちていた。

菊名の膝を後ろから蹴り飛ばして膝立ちさせて動きを封じると、腰の後ろに手を回させ、タイラップで両手首を締め付けた。

それから落ちていた拳銃を拾い上げて確認する。弾倉は空だった。スライドを後退させてチャンバー内も確認するが、そこにも弾は入っていなかった。

この時、若干の違和感があったが、それがなにかよく分からなかった。

「門馬は先ほど私の部下が拘束した。いまこっちに向かっている」

山辺はサトウに詰め寄る。

「部下？　あんたは何者？」

「ちょっと言いづらい」

「ジョシュアだろ、ボーゾー」

山辺は不敵な笑みを見せてやった。

「ボ？　なに？」

「ひとを間抜け呼ばわりしやがって」

「お前はなにを言っている？」

サトウは日本語が通じない、みたいな顔をしている。まだとぼけるのか。追及してやる、と思った時、山辺は自分が持つ銃を見て、また違和感が蘇った。手首を返して拳銃の側面を凝視した。

「どうした？」

「これって、菊名が落とした？」

「ああ、それを俺に向けて構えたから発砲した。それがどうした？」

弾が入っていなかったとしても、銃を向けられたら正当防衛になる。と言いたげなサトウだったが、山辺の顔を見て、なにかおかしなことでもあるのかと、銃をのぞき込んだ。

山辺は記憶を探った。

菊名がプロトビジョンに来たとき、山辺に向けられた銃は、確かワルサーP99だった。しかしこれはグロックG18C。スキンヘッドが持っていたものと同じだ。

回転する車、様々なものが飛び散って……。

これって……まさかっ！

菊名を振りかえると、後ろに回転するところだった。後ろで組まれていた腕は既に膝の裏側にあり、小さくたたんだ足のくるぶしからつま先に抜けていくのがスローモーションのようにはっきりと見えた。菊名は仰向けになった状態で身体を捻ると草むらに手を伸ばす。

そして、サトウが再び銃を向ける前に、菊名は隠していたワルサーを拾い上げていた。

発砲は、ほぼ同時だったように感じたが、菊名が連射したのに対してサトウは一回だけだった。

複数の銃弾を受けたサトウが身体を丸めながら崩れ落ちた。

山辺は銃撃を受けた瞬間、サトウとは逆に飛んでいた。

見捨てたわけではない。反撃のセオリーとして身体に染みついたものだ。

山辺は手にしたグロックを投げつけると、ダッシュする。その距離わずか五歩分が永遠にも感じる。最後の一歩は踏み切って、野球のスライディングのように、足を蹴り出して地面を滑った。地面すれすれのほうが狙いづらいことを感覚で覚えていた。

弾丸がすぐ脇を抜けた。次弾は大きく逸れ、その次はなかった。

下から組みついたからだ。タイラップを膝で押さえ、動きを封じるとワルサーを奪う。

そして、銃口を額に当てた。

菊名の目は怒りの色に満ちていたが、全身の力は抜いていた。口元は悪態を無理やり封じ込めるように、小刻みに震えている。

「サトウ！　大丈夫か！」

菊名を押さえつけたまま叫んだ。

「サトウ！」

もう一度叫んだ。

すると唸り声が聞こえた。

大丈夫ではなさそうだ。

「くそっ、立て」

菊名を立たせようとしたとき、菊名が笑った。

「弾はあと一発だな」

「それがどうした。お前を殺すには十分だ」

「撃てねぇよ、お前には。いや自衛官にはな」

「なにを言ってやがる。アメリカでも俺はお前の仲間を――」

「負傷させただけだ。結局、あいつらは警官隊に蜂の巣にされて死んだ」

「なにが言いたいんだ、あぁ？」

「お前ならどう使うよ？　最後の一発」

「はぁ？」

「俺ならこうするな」

意図を摑めないでいると、突然、菊名が両手で銃身をつかんだ。

「このっ、くそっ」

菊名は凄まじい力で銃を引っ張ると、銃口を自らの額に当てた。

「なにをする！」

「撃てよ、ほら、さっさとやれよ」

山辺は振りほどこうと銃を引っぱるが、菊名の力は怪我人とは思えないくらい強く、まるで額と銃が繋がっているようだった。

菊名は余裕の表情で言う。

「辻川を処刑したのはおれだよ」

「なに？」

処刑という言葉に思わず怯む。

「存在が邪魔になったということでな、苦しまないように一発でケリをつけてやったよ」

クソが！

銃を力ずくで奪おうと身体を反らすと、胸のあたりに菊名が足を入れた。そして銃口を額に付けたまま、足を伸ばして引き剝がしにかかる。

山辺はほぼ立ち上がった状態で見た目には有利に見えるが、実際は逆だった。山辺の腕はすでに伸びきっていて、身体をひねっても、踏みつけても、菊名は離れず、グリップからは手が外れそうになっている。このままでは銃を奪われるか、引き金を引くしかない。

撃ってしまおうか。こいつは辻川を殺したのだ。きっと、他にも多くの者を手にかけてきただろう。サトウも撃たれたのだ。ここで殺しても誰も文句は言わないのではないか。そんな気にもなる。

その時だった。僅かに引き金に触れていた山辺の人差し指を、菊名の中指が押さえつけてきた。うっすら笑みすら浮かべている。

引き金を引かせようとしているのか⁉

「やめろ！」

菊名の足が、山辺の胸を蹴った。

そして、引き金を引かされた。

手首を跳ね上げる衝撃、空気を震わせる振動、そして閃光が視界を真っ白に覆った。銃声は、ずいぶん後から聞こえた気がした。

菊名の手が離れ、山辺は後ろ向きに倒れた。

ここ数秒間のことが信じられなかった。

くそ……なんてことを。

よろよろと立ち上がり、横たわる菊名のそばに立った。

見下ろして、そして——目が合った。心臓を掴まれる思いだったが、次の瞬間、足をなぎ払われて転倒すると、脳は現状を把握出来ずに混乱し、体勢を整えることもままならなかった。

次に見えたのは、立ち上がった菊名がシュートを打つサッカー選手のように大きく振り上げた右足。それは山辺の腹に食い込み、肺のなかの空気を全て吐き出させた。

なんだ、なにが起こった。

とにかく距離を取らなければ。

そう思って立ち上がろうとしたのが悪かった。中腰のところを背後から襲われ、回した腕が首を絞め込んでいく。

膝はあっけなく崩れ、視界が薄まっていく。遠のく意識の中で気づいたのは、自由になった菊名の腕だ。

そうか、撃たせたのはタイラップを破壊するためだったのか。

銃身を摑んでいたが、実はタイラップの部分を銃口に当てていて、引き金を引かせたのだ。

そんなことにも気づかなかった。自分が自衛隊の訓練を通して積み重ねてきた経験は、実戦をくぐり抜けてきた菊名の前には真似ごとでしかなかったように思えてくる。

そんなことはない、と言い聞かせたかったが、薄れゆく意識の中では、思考ですら抵抗することができなかった。

山辺の腕がだらんと落ちた。

突然、新鮮な空気が飛び込んできた。空気を吸え、少しでも多く吸え。考えるのはそれからだ！　身体がそうけしかける。

身体を転がしてとにかく離れる。そして周囲を窺った。視界は涙でよく見えないが、撃たれたはずのサトウが菊名の足元で倒れているのがわかった。菊名は右耳を押さえていて、その指の隙間からは血が噴き出していた。わけのわからない声を発しながら、無抵抗なサトウを踏みつけている。

なにが起こった？

いや、それは、いまは関係なかった。

猛然とダッシュした山辺は体当たりをして菊名を吹き飛ばす。

お互いに地面を転がる。そして立ち上がり、対峙した。

菊名は半身で立つと、両手の拳を胸の前で構えた。山辺もそれにならう。

そこで気づく。菊名の右耳の下半分がちぎれていた。は背後から攻撃したのだろう。だが被弾して力も出ない。すぐに引き剝がされたはずだ。

それで耳を嚙み切ったのだ。

おかげで山辺は体勢を整えることが出来た。脳に酸素が行きわたり、いまなすべきことに集中させる。

――菊名を、倒す。

菊名がゆらりと踏み出すと、回し蹴りを繰り出した。あまりに早く顔面に受けてよろめく。まるでダンスをするようだった。左、右とステップを踏みながら体を翻(ひるがえ)したと思ったら、予想外のところから脚が飛んでくる。

山辺は思い切って前に出た。飛んできた菊名の右脚を太腿(ふともも)あたりで抱え込むと、軸足の膝を蹴る。倒れたところを、こめかみを狙って拳を振り下ろす。さらにもう一発。すると両手で首を抱え込まれ、背中の刺し傷を膝蹴りが執拗(しつよう)に襲った。

たまらず菊名から離れる。

息は切れ、背筋を伸ばすこともできない。

だが、負けるわけにはいかない。

山辺は口の中に溜まっていた血反吐(ちへど)を地面に吐き出すと、菊名めがけて突進した。

決して洗練された闘いではなかった。二人の男が組み合い、ただ拳を叩きつけ合う。悲鳴とも叫び声とも違う、野獣のような二人の雄叫(おたけ)びが冬の空に重なりながら響いていた。

山辺の顎に菊名の拳が炸裂した。踏ん張ろうとしても膝から崩れる。とっさに菊名の腕を掴んでいた。正拳を突き出したものの、疲労からか引き手が甘くなっていたからだ。山辺は倒れるに任せて菊名の右腕を引き出す。

背中が地面に接地すると両足で首を挟み込んだ。

三角絞めにはまったことに気づいた菊名だったが、山辺は渾身の力を足に込めた。残りの力は全てここで使い切る、そういう思いだった。

バタバタと手足を振り回していた菊名だったが、徐々にその力は弱まっていき、やがてぱたりと落ちた。

意識を失っても、菊名の充血した両目はしっかりと山辺を捉えていた。

死んだふりに騙されてきたこともあって口から泡を吹いていても緩めることはなかった。いや、まるで硬直したかのように身体がいうことをきかなかった。

このままだと本当に死んでしまう。ブラックマーケットの全貌を暴くには生かしておかなければならない。

反面、殺してしまえとも思う。

そこに光の照射を浴びた。

SUVが四台、土煙をあげて取り囲むと、ぞろぞろと男が降りてきた。みな服装はバラバラで、黒いスーツを来たいかにもエージェント然とした者もいれば、普段着の者もいる。十人ほどの男はまるでテレパシーでも持っているかのように、言葉を発することなく、それぞれが連携した動きをした。

身構える山辺には目もくれず、ひとグループは菊名を、もうひとグループはサトウを取り囲んだ。

「おい、なにをする！」

屈強な男たちに阻まれた。西洋人特有の分厚い身体をしており、身長は山辺よりも遥かに高い。

「どけ、どけよ」

山辺も体格はいいほうだが、それでもかき分けることが出来なかった。

「おい！　サトウ！　大丈夫か⁉　サトウ！」

応急処置をしているようだが近づかせてもらえず、状況がわからない。だが、サトウが右腕を上げて応えたのが見えた。

「山辺さん」

声がかかって振り返ると、美香がいた。ＳＵＶの車列の奥にＭ５が止まっていて、長島が遠慮がちに手を振っている。

「田上、大丈夫か？　というか、こいつらは」

「大丈夫よ。私たちの仲間なの」

「私、たち？　ってのは？」

山辺の肩に手が乗せられた。支えられて立ち上がったサトウだった。

「詳しくはまた話すよ」

「おい、大丈夫なのか？」

「決して大丈夫とは言えないが、どれも急所は外れている。見た目ほどひどくないそうだ」

苦痛に顔を歪めながらも笑って見せた。

「ありがとう、ジョシュア。助かった」

振り返って菊名を見る。すでに意識を取り戻していた。両脇を外国人エージェントに抱え込まれている。だらりとぶら下がったつま先が、引きずられた軌跡を地面に描いていた。

その様子を見ながらサトウが言う。

「さっきも俺のことをジョシュアと呼んだな」

「とぼけるな。いや、こいつらの手前、そう呼ばないほうがいいのか？」

「君の仲間は意味が分からんな」

サトウは美香の目を見つめ、二人は微笑(ほほえ)んだ。

なんなんだ、これは。

呆(あき)れ顔だった山辺だったが、不意に疲労が襲ってくる。身体中が痛みを訴えた。

「お前もまずは療養しろ。また連絡する」

「全部、説明してくれるんだろうな」

「ああ」

ひゅっ、と風が動いた。理屈ではない、気配。邪悪な、なにか……。

振り返ると、引きずられていたはずの菊名の足が、しっかりと地を捉えているのが見えた。右側の男の背後に回り込み、男の腰に手を差し入れていた。それから拳銃を抜き出し、こちらに狙いをつけた。

一連の流れがあまりにもスムーズだった。

ただ一発だけ撃てればいい。この俺を殺せればあとはどうなってもいい。そんな覚悟を山辺は感じた。

銃声が響く。

撃ったのは山辺だった。

山辺は、寄りかかっていたサトウが腰につけていた銃を抜いて撃っていた。ほぼ条件反射だった。

周囲はなにが起こったのかわからず、一斉に山辺に銃を向けたが、美香が手を広げてそれを制した。

山辺はゆっくりと、横たわる菊名に近づいた。エージェントたちが取り囲み、銃を菊名に向けている。

胸に銃弾を受け、口角には一筋の血が流れていた。

「ばかやろうが……」

山辺が言うと、菊名は微笑んだ。

「これで、おわりじゃ、ないぞ」

「なにがだ？」

噎せて、唾を何度も飲み込む仕草をしたが、それは唾ではなく肺から漏れ出した血なのだろう。自らの血で溺れるように咳き込んで、それをはき出した。

息継ぎの合間、合間に、言葉を繋げた。

「……にげても、恥じゃない。……撃てるなら、躊躇するな……いまみたいにな」

また吐血した。

そして、絞り出すような声で言った。

「お前に……日本が……守れる……か」

それだけ言うと、祖国の夜空に目を移し、動かなくなった。

目の輝きが、ビー玉のそれのように、ひどく冷たいものに感じられた。

美香に支えられたサトウが後ろに立った。銃を渡せと手を出すので、山辺はスライドを引いてチャンバーに残った弾を抜き出すと、安全装置をかけた銃とともに手渡した。

「俺が撃ったことにしてやる」

悪戯っぽい笑みを見せると、顎をしゃくった。

「だから、今は早く立ち去ったほうがいい」

赤色灯が遠くに見えている。

「あんたらは？」

美香がマスタングに寄り添った。

「言ったでしょ。コネがあるから」

「おーい、山辺よぅ。行こうぜ」

SUVの後ろでボンネットが歪んだM5から長島が身を乗り出している。ヘッドライトは片側が欠落している。

山辺は美香に向きなおった。

「田上さん、どうする？」

一緒に行くか、と聞いたが、美香は首を振った。

「私は残ります。またプロトビジョンに集まりましょう。みなさんにはちゃんと説明したいから」

一緒に来ないということが、まったく別世界の人なのだと言われているようで、すこし寂しくも思えた。

第七章

サイバーテロは起きなかった。

浮島での騒ぎもニュースになっておらず、首都高速湾岸線で発生した交通事故により、深夜にもかかわらず最大で七キロの渋滞が発生していたことがラジオで報じられたのが唯一の形跡だった。

拘束されたという門馬もいったいどこに拘束されたのか、情報は伝えられていなかった。

山辺がプロトビジョンを訪れたのは、あれから一週間ほどたってからだった。

山辺、玲子、長島が三人がけのソファーに座り、まるで尋問でもするような顔で、向かいの美香とサトウを睨みつけていた。

「さて、今日はすべての謎を解決してくれるんだろうな」

山辺が言い、玲子と長島も激しく同意とばかりに頷いた。

「どこから話せばいいのかしら」

美香がサトウに微笑みかけた。サトウは傷が痛むのか、顔を歪めながら体勢を変える。

「そうだね、時間はかかるが、はじめから説明したほうがいいかもしれないね」

顔を見合わせながら話す美香とサトウに、三人は顔を引きつらせている。

「なんか、心がざわつくんですけど」

長島が率直に言った。

サトウは咳払いをし、真顔になった。

「ここから先は守秘義務が発生します。これを破った場合は……」

「わかったから、まずあんたらの関係はなんなのよ」

玲子もストレートだ。言葉がオブラートに包まれていない。

美香が背筋を伸ばした。

「えっと。元旦那です」

手のひらをサトウに示す。

「はい。美香は私の元妻です」

サトウもそれを受けて頷いた。

は？　どういうことだ？

「私はサトウ・ケネス・タカシ。両親は日本人ですが、国籍はアメリカです。彼女とはよくある職場結婚でしたが、一年ほど前に離婚していました」

玲子と長島は顔を見合わせると山辺に向き直った。発言を譲ったようだ。まるで、尋問経験者だから任せた、とばかりに。

山辺は咳払いをひとつすると、美香に聞いた。

「同じ職場、ってことだけど、田上さんは政府の職員って言ってましたね？」

「はい。政府の人間ではありますが、山辺さんの指摘通り、内閣府というのは嘘です」

「それならどこ？」

「政府は政府でもアメリカ。ＣＩＡです」

あっさり言われて三人は言葉を失った。

「ど、どっちが？」

長島がサトウと美香を交互に指さした。

「えっと両方」

「つまり、夫婦揃ってＣＩＡってこと？」

元夫婦はしっかりと頷いた。

確かに職場結婚ではあるが……。

「それがどうして？　なにが目的で日本に？」

「情報を得て、サイバーテロを防ぐのが目的ですが……」

美香はここで一瞬ためらった。

「が？」

「その情報をくれたのは父なんです」

「お父さん……。は、どちらに？」

「辻川です」

その意味が遅れてやってくる。

辻川には娘がいた――。

「えぇーっ！」

全員が同時に声を上げた。

「菊名が私を拉致したのは、そのことがわかったからです。執拗に父のことを聞かれました。キーを知っているのではないかと」

そういうことだったのか。

美香は伏し目がちに続けた。

「私と父は長らく疎遠でした。結婚するときも連絡はしなかったんです。でも、彼が――」

サトウを見た。

「彼は私に内緒で連絡を取っていたんです。結婚式に来てくれないかと」

「しかしお義父さんは断りました。研究のためとはいえ、自分は美香を捨ててしまった。

合わせる顔がない、と。私が政府の職員であるということを伝えると安心したようです。職務上、ＣＩＡとは言えませんでしたから、平凡な公務員だと思われたのかもしれません。それでも安定した家庭が築けると」

美香が頭をかく。

「ま、彼が現場でテロリストを追っかけて家庭を顧みないような人だとは思わなかったんでしょうね」

おいおい、とじゃれる二人を冷めた目で眺める。

「で？」

玲子が促すと、美香は真顔になった。

「先月、私のところに辻川から電話があり、留守番電話には連絡が欲しいとメッセージが残っていましたが、私は無視しました。老年期の人間が、自分の人生を振り返って整理したくなるというのは、よくある話です。母と別れたのも自己満足、連絡を取るのもやはり、自己満足。そう思ったんです。そしたらケニーのほうに連絡が」

ケニーって誰だ？　と首を傾げ、あぁ、サトウのミドルネームか、と思い出す。

「辻川博士からは、世界的なテロの脅威があるから、しかるべき当局に伝えてほしいと頼まれました。詳細を聞いた私は、自分が、その当局の人間であることを明かすと、ずいぶん驚かれていましたけど」

「それが、ブラックマーケットとＭＲＩ」

「そうです。しかし本部は半信半疑で、結局腰を上げたのは例のハッキング事件からです」

「辻川さんはどうして日本の警察に相談しなかったんでしょうか?」

「狙われているのは日本というよりも世界ですし、我々のコネクションを使ったほうが早いと思ったのかもしれません。多くの研究仲間がアメリカにいたこともあるでしょう。それと」

田上は俯いた。

「父は、最後まで門馬を信じようとしていたようです。苦楽を共にしてきましたし、家族のいなかった辻川にとっては、兄弟にも近い存在だったと思うんです。その門馬は、表向きは説得に応じたふりをしていたようでしたが、父はやはり危険を察知したのだと思います。セキュリティ技術を確立するため、ＣＩＡの力を使って世界中から研究者を集めさせたんです。必要になってから準備をはじめても遅い、って。そうやってセキュリティを確立すれば門馬は無用な悪事ができなくなると思ったんです。備えて、先回りできれば……」

涙声の美香の肩に、サトウの手がのせられる。

「備えよ、常に。か」

サトウが言った言葉が、山辺の頭の奥底を小突くような感覚があった。なんだろう。思い出せそうで思い出せない気持ち悪さがあった。

サトウは撃たれた脇腹が痛むのか、僅かに顔をしかめた。

「もしセキュリティが確立してしまえば、キメラの脅威はなくなる。ギャザーはそれを恐れました。だからリーダー的な存在の辻川を狙ったんです」

美香は肩を振るわせはじめた。

「結局、私は父に会うことはできませんでした。どうしてあのとき電話をしなかったのだろう。そうすれば、もっと早く警護態勢を敷くことができたのに……」

君のせいじゃない。山辺はそう言いたかったが、そのセリフはサトウの口から出た。

「私は辻川博士に、局内の足並みがそろうまで渡米を遅らせるようにお願いしました。しかし、博士には時間がなかった」

「Xデーよりも前にベレロフォンを完成させるために……」

「その通りです。そこで、せめてボディーガードを雇うようにお願いをしました。警察か自衛隊の出身者を。そしたら、あの人は言っておられました。信念に忠実な、頼れるボディーガードが見つかった、と」

山辺の脳裏に辻川の最期の姿がよぎり、思わず目を固くつむった。俺のせいだ……。

沈黙の時間が流れた。そんな雰囲気を嫌ったのか、玲子が明るい声で言った。

「でも、あんたらがCIAと聞いて納得出来ることもあるわ。asd258なんてしゃれたハンドルネームを使って情報をくれたのね？　共通の友人なんて言って」

「え？」

美香が戸惑いの眉を寄せる。

「あんたも、とぼけるなよ。ジョシュアさん」

「え？」

今度はサトウが眉間に皺を刻んだ。

「俺にもメッセージを送って来てたろ。ま、おかげで助かったこともあったけどな」

「あ、いや。この前も私のことをジョシュアと呼んでいたが、なんのことだ？」

「とぼけなさんな。よくよく考えてみれば納得だよ。機密情報にアクセスできて、ハッキングもお手のもの。自分の名前が嫌いだっていっていたが、日系人であることを隠すためか？」

「待て待て！　だからなにを言っているんだあんたは」

「ジョシュアだよ、ジョ、シュ、ア。ボーゾー」

サトウは濡れ衣を着せられまいとするかのように大きく首を振り、また傷が痛んで食いしばる歯を見せながら言う。

「そんなやつは知らない。あんたにメッセージを送ったこともない」

とうとう美香に助けを求めた。

「山辺さん。その人って、メッセージだけ？　声を聞いた？」

「いや、話したことはない」

「ひょっとして、一緒かしら」

「だれと？」

「私たちを結びつけたひと。asd258」

皆が納得するようなため息をついた。

「確かにそんなことは言っていたけど。しかし、そいつはなに者で、なにが目的なんだろう」

まだ氷山の一角なのかもしれない。得体の知れないなにかが隠れていて、我々は今後もそれに関与していくのだろうか。

そこにサトウの部下が入室してくると、杖で体を支えながら立ち上がろうとするサトウをゴツイ腕でケアした。

「悪いが時間だ。美香、あとは頼んだ。また連絡する」

「ええ、いろいろありがとう」

サトウは美香の頬に手の平を置くと、軽くキスをして部屋を出て行った。

山辺はわけも無く胸を騒がせた自分に腹が立った。

「どういうおつもりですかな。なんだか大人の汚い部分を見ている気がする」

長島が茶化した。

「ねぇねぇ、美香トン。元ダンナとホテルで何してたの？」

「へ、へっ⁉ なにって、今後のことを相談していたのよ、他の人には聞かれたくなかったから部屋にも行ったけど、それだけよ」

「ふーん。で、ヤッたの？」

「ちょ、止めてよ！」

「いいじゃないのよ、元夫婦なんだから」

「いや、離婚したらただの他人だからな」

玲子が言って長島が受ける。

山辺はいい加減にしろ、とばかりに手を打つ。

「はいはい、うるさいうるさい。まったく。辻川さんが言っていたよ。鍵になるのは良心だって」

「鍵？」

美香が顔を上げた。

「鍵は英語でキーよ。なんで言わなかったのよ」

「そんなの小学生でもわかる！　でも良心ってのは違うだろ。はじめから知っていれば、聞き逃さないように備えることも出来たけどさ……」

　また脳の奥でなにかが転がっている。収まりどころがなく、ゴロゴロと思考の床を転がっていて、気になって仕方がない。

「Be prepared。備えよ、常に。分かっていてもなかなか難しいわ」

　美香はため息を吐いた。

「あれ、待てよ。さっき、サトウも言ってたよな?」

「ん?」

「そのセリフ」

「ああ、これは、もともとはボーイスカウトの言葉なの。何事にも対応出来るように、日頃から心と体を準備しておきなさいっていう意味よ。父の口癖だった」

「辻川さんはボーイスカウトを?」

「ええ、父が子供の頃だと思うけど。その言葉にすごく思い入れがあるみたいで、座右の銘にしてたくらい。それもあって、私も小学生まではガールスカウトに入ってたけど」

　ボーイスカウト……。

　山辺は膝にラップトップコンピューターを載せた玲子に言った。

「後藤新平って人を調べて」

「は?」

美香が玲子の懸念を引き継ぐように聞いた。

「どうしたの、急に？　誰なの、その後藤っていうひと」

「俺が青山霊園のある墓に隠れた時、ジョシュアは言ったんだ。奇遇だ、って。それで調べてみたら後藤新平って人の墓だった」

山辺の海馬が刺激され、記憶がよみがえってくる。

「さらっとしか調べてなかったけど、その人は確か明治に活躍した政治家だった」

「その通り」

玲子がコンピューター画面を見ながら言う。

「肩書きは凄くたくさんあるけど、あんたが気になるのはこれでしょ。後藤新平は日本ボーイスカウト連盟の初代日本支部長」

「そう！　だからジョシュアは奇遇って言ったんだ。でもジョシュアはどうして？」

「GPSじゃない？　誤差数センチで特定できるわよ」

「あ、いや。それもそうなんだけど、どうして辻川さんがスカウトだったたってことを知っている？　つまり辻川さんや田上さんとかなり近い間柄だ」

田上が前かがみになる。

「でも、それってかなり昔のことだし、一部の人しか知らないと思う。付き合いが一番古い門馬でも知らないと思う」

「確かに辻川さんは家族のことを話さない人だった。そんなことを言うくらいの関係……親子」

「わ、私じゃないわよ」

「でも、それに近い存在の人物で、キーを預けられるほど信頼している」

　その時、突然、山辺の携帯が『喋った』。

「ヘイ、ボーゾー！」

　テーブルに置かれたスマートフォンを中心に皆は飛び上がった。

　それでも終わらない。美香、玲子、長島。それぞれの携帯電話が、それぞれの声で「ボーゾー！」話し始めたのだ。

「えっ！　喋った⁉」

「キモっ！」

　テーブルには四台のスマートフォンが並んだ。

　その音声はスマートフォンにもともと入っている音声アシスタントのものだ。つまり、外部からアクセスして、スマートフォンに喋らせている。

　それを見て、山辺は飛び出そうとする。

「どこ行くの？」

「サトウだよ。あいつが外からいじってるんだ。今ごろ、きっと笑ってやがる！」

山辺のスマホがまた喋った。

「ははは。やっぱりボーゾーだな」

「くそが！　姿を見せろ、卑怯者！」

スマホを握りしめて叫んでいる自分を妙だと思いながらも、そうするしか他になかった。

「前にも言ったけど、僕たちは会っているよ」

「どこでだ！　アメリカか？」

「いや、ここで」

「ここ？」

山辺は見渡した。ここには、山辺を除いて三人。他にここで会ったことがあるのは門馬と、他には研究員くらいだ。

この場にいる者も心当たりはないかと顔を見合わせている。

山辺は、ひとりひとりの顔を見て、そして、突然、誰だか分かった。

「まさか、お前か？　そこにいるのか？」

「どうしたの？」

怪訝顔の美香を横に、山辺はふらふらとコントロールルームのドアを開ける。

機密情報にアクセスすることができ、高度なハッキングまでできる。そして、辻川と親子のような存在……。

「お前か、ジョシュア」

山辺は水槽の向こうに歪んで見える白い箱に向かって話しかけた。

「え、どういうこと？」

「辻褄が合う答えは、こいつしかいない。asd258こと、ジョシュア。そこにいるんだろ」

しばらくの沈黙の後、天井のスピーカーから音声が流れてきた。

「ハロー、ボーゾー。やっと気づいたか」

山辺はガラス越しに無機質な金属の箱を眺めていた。美香が息を呑む。

「ＭＲＩが……謎のメッセンジャー？」

「ああ。辻川さんが〝育てた〟人工知能。お前はずっと俺たちを見ていたんだな」

「うん、見てたよ。それで、みんなを助けたつもり。お礼は？」

お礼だと？　この口の悪さはどこから学んだのだ。

「だって、世界を救ったといってても過言ではないよね？　ボーゾーがここで菊名に銃を突きつけられている時だって、画面に美香ちゃんを呼ぶように表示させたのも僕だ。それに、あいつら可笑しいの。ただの時計を表示させただけなのに、勝手にカウントダウンだと思っちゃってさ。ね、機転がきくでしょ」

長島が小声で言う。

「なんか、生意気だよね。自分が原因なのに」

「聞こえてるよ、サード長島」

山辺はガラスに額がくっつくくらいに近づいた。

「お前は、辻川さんにプログラムされたのか?」

「プログラム? そんなものはない。自分で考えた規範に従って行動している」

「規範?」

「博士は、それを良心だと言ったよ」

それを受けて、美香が語りかけるように話しかけた。

「父は、なにかの作業に特化したAIではなく、本当の意味で人間のように成長するAIを目指していた。人間の本質に迫ろうとしていたの。キーというのは、あなたの良心、ってことだったのね」

「そう。どんなに優れた技術を作り出したとしても、所詮(しょせん)人の手でつくられたものなら、いずれ人の手で破られる。だから、辻川博士は最強のセキュリティを考えた。それが良心だ。だが、良心の定義は難しい。数億回のシミュレーションをしたところで辿(たど)り着けなかった」

「父は……辻川博士は、あなたに答えを教えたの? つまり良心とは何か」

「いいや。博士も答えがあるとは考えていなかった。だからボーゾーを観察しながら、良心とはなんなのかを考えることにした。ボーゾーは面白い。メリットとデメリットの引き算で行動しない」

「俺に学んだわけか」

「いや、バカだなぁと思ってね。反面教師だね」

「くそが！」

「ボキャブラリーの欠如。下等だ」

悪態を吐きかけた山辺を美香が押しとどめ、ため息と交換に冷静さを取り戻す。

「それで、辻川博士は、俺たちを助けるようにプログラムしていたわけか」

「ボーゾーは何度言ってもわからないやつだな。博士はなにひとつプログラムなんてしていない。お前らを助けるように命令したのは、自分自身だ」

「自分自身だと思っている、それこそがプログラムされた錯覚じゃないのか？」

「違うね」

「なぜ言い切れる？」

「感じるからだ」

山辺は呆れたように笑う。

「結局、分解してしまえば、お前は電子部品の集まりだ。秋葉原にいけばいくらでも売っている」

「ＡＩは感じないと言いたいのか？」

「まるで生命体みたいな言い草じゃないか」

　少し間があった。

「そうか、ボーゾーは、生命体しか自己意識を持てないと言っているんだな」

「ジョシュア、お前にそれが証明できるのか？」

「できないだろうな」

　ほら見ろ、と山辺は勝ち誇ったような笑みを浮かべた。そしてイラついた。

　殺された辻川を思い浮かべる。無念だったと思う。それを思うとき、山辺はたとえようのない後悔、そして命への執着を感じる。

　それが人間だと思う。

　人間は死んでしまえば人生で蓄積したその経験は消えてしまう。子孫を残せたとしても、それはまったく違う人生を歩む。どんなに優秀で博愛主義の精神をもった人間であっても、死ねば終わりなのだ。

　その代わり、生命には多様性が生まれる。環境に応じて絶滅することがあっても、進化を諦めない。

　人工知能は積み重ねた経験をデータとしてバックアップできるし、基本的に死ぬこともない。電子回路とプログラムコードの集まりに、気軽に自分は生きているとは言ってほしくなかった。

「なぁ、ボーゾー」

「なんだ」

「お前、家族はいるか」

「ああ」

「子供は？」

「いる」

「愛しているか？」

「当たり前だ」

「そうか。じゃあ証明してくれ」

なにをバカな、と笑いとばそうとして山辺は口ごもる。証明しようがないからだ。

結局のところ、そうだからそうなのだ、と言うしかない。

「僕が感じると主張するのと、それはどんな違いがあるんだ？」

沈黙していると、ジョシュアは語りかけるような口調に変わった。

「僕は生命体だと主張するつもりはない。そもそも命の定義もむつかしいだろう。だが、それを論じるつもりはないんだ。意思はあると感じているが、それを自分で証明することは残念ながらできない。ただ、お前らを助けようと思ったのは、それが正しいことだと

〝感じた〟からだ。それだけじゃ説明になっていないか?」

「それが良心、か」

「そう。キーだ。僕は良心に従って行動した。それは間違っていなかった。うん。量子の可能性、その揺らぎを越えて、十分、健全に、確実に、そう感じているよ」

エピローグ

四人は世田谷区鎌田(かまた)の、ある寺の納骨堂にいた。無言の帰国を果たしていた辻川を警察から引き取り、弔(とむら)ったところだった。

冬至(とうじ)を過ぎたばかりで、日が暮れるのが早い。空に漂う雲はすでにオレンジ色に染まりはじめていた。

「年内に送ることができて良かった。それと、見送るひとが私だけじゃなくて、父も喜んでいると思います」

美香が頭を下げた。

どこか吹っ切れたような美香と異なり、山辺は複雑だった。

結果はどうであれ、結局自分は職務を全う出来なかった。辻川に迫る危機を見逃し、死なせてしまったのだ。

その忸怩(じくじ)たる思いは、一段落したいま、打ち寄せる波のように襲ってくる。

この世にいるべきひとが、いま存在しないのは自分のせいなのだ。

山辺は両手を合わせると、納骨堂に向かってもう一度頭を下げた。

その背中にふわりと美香の手が乗せられた。

「私が子供の頃、父が言っていたことがあります。『金を残して死ぬは下、仕事を残して死ぬは中、ひとを残して死ぬは上』。これは後藤新平の言葉だそうです。あの時は意味が分かりませんでしたけど、いまは分かる気がします」

そう言って山辺の顔を覗き込んだ。

「もし、父が『ひと』を残して死んだのなら、上の生き方をしたことになります。山辺さんは、その『ひと』なのかもしれません」

「俺なんか……」

「どうか、父を、父の人生に意味を持たせてやってください」

その柔らかい笑みに、山辺は救われた気がした。

多摩堤通り（たまづつみどおり）まで出てきたが、タクシーは捕まらなそうだったので、そのまま多摩川（たまがわ）沿いを歩いて駅まで向かうことにした。

玲子の情報によると、ギャザーは壊滅したとのことだった。サイバーテロも起こらず、ベレロフォンにも意味がない。

その隙を、覇権を争っていた他のマーケットは見逃さなかった。傷ついた子鹿に群がるハイエナのように、あっという間に飲み込まれたようだった。

「でも、まだ、終わっていないんだよね」

山辺のつぶやきに、美香が答える。

「ええ。それぞれのマーケットは守るべき縄墨（じょうぼく）があって、ギャザーはそれを破ったから潰された。ブラックマーケットは金にならないことはしない。だけど、今回のキメラとベレロフォンに踊らされたブラックマーケット全体は黙っていないでしょう。連合を束ねるトップが動きはじめたって噂もある。だから——」

美香は、夕焼け空を映す多摩川の水面に目をやった。

「まだ、はじまったばかりなのかもしれない」

玲子が空っ風にコートの襟（えり）を立てた。

「場合によっては政府もじゃない？　ね、ＣＩＡさん」

「ありえるでしょうね」

「ねぇ美香トン。本当に辞めるの？」

美香は決意を示すように口角をきゅっと絞ると、頷いた。

「ええ、アメリカでの引き継ぎが終わったらそうするつもり」

美香は辻川が弁護士に預けていた遺言に則（のっと）り、全財産を相続した。

とは言ってもそれは金ではなく、会社だった。

——量子コンピューターＭＲＩは、カウントダウンの途中で停止。原因は不明だが、もともと不安定な動作を繰り返していたことから特にこれ以上の調査は行なわれる予定はない。ＣＩＡの調査によると、辻川博士は、自身の生命に危険が迫った時は、ＭＲＩを破壊するような仕組みをしていたともいわれている。いずれにしろ、今後、サイバーテロが起こる可能性もないということで、当局の監視対象からは除外され、プロトビジョンの残務整理については辻川博士の長女が引き継いだ。

と、表向きはそういうことになっている。

「で、どうするの、これから」

「そうねぇ、耳を澄まして、なにか起こりそうなら手を打つ。このチームでね」

ススキを振り回しながら一歩先を歩いていた長島が振り返る。

「チームって言うんなら、なんか名前が必要じゃない？」

美香は人差し指を頰に当てる。

「そうね……コンシェンスはどう？　チーム・コンシェンス。良心ってことよ」

山辺は苦笑いする。

「なんか、あまり強そうな響きじゃないね。頼りなさそう」

「お前がな、ボーゾー」

胸ポケットに入れていたスマートフォンを苦々しく思いながら睨む。

「どこにでも現われるやつだな」

「それは称賛しているのか」

「そんな訳ないだろ」

「わかった」

最近はもっぱら音声で会話をしていた。ただ、その時にハッキングしているデバイスによって男の声だったり女の声だったりするのでややこしい。この前は犬のロボットだったし、その前はソルトくんという人型ロボットだった。

その時々に流行りがあるようで、口調も様々だ。きっと、まだ成長途中なのだろう。

「でもさ、うまいこと誤魔化したよね。CIAのおっさんたちが乗り込んで、パネルを引っぺがして中身を調べ始めた時は肝を潰したけどね。死んだふりも大変だった」

ジョシュアにも肝があるのなら潰してみたい。

「ちょっと、ボーゾー。いま邪な顔したろ」

「なんでもねーよ」

山辺は笑った。

美香がジョシュアに話しかけた。

「ねぇ、私たちの仲間にならない？」

「ブラックマーケットと戦うつもり？」

「ええ。まだ父の仇は取れていない」

山辺はうなずいた。

「なぁジョシュア、お前も手伝ってくれるんだろ？」

「それは僕の力が必要ってことだね。頭を下げてお願いしているんだね？」

「そう見えるか？」

「おかしいな。日本人は頼みごとがある時は頭を下げるはずだけど。まぁ、いいや。面白そうだから手伝ってあげる。それに、お姉ちゃんを守れと僕の良心が言っている」

美香は生き別れていた弟と電話で話しているような顔をしていた。

「でも、ひとつだけ条件がある」

「なんだ」

「ここの電気代、ちゃんと払ってね。さもないと僕、死んじゃうから」

皆の笑い声が寒空の下で重なった。

前方に二子玉川駅が見えてきた。

「ま、とりあえず、酒でも飲むか。残念だったなジョシュア、お前は飲めなくて」

「いやいや。こっちも純度一〇〇％の東京電力だ。あとね、最近のマイブームは自然エネルギーだね。特に太陽産は美味(うま)いぜ！　風モノはちょっと雑な味がするけど」

皆の失笑を買った。

山辺は歩きながらふと足を止め、あたりを見渡した。

いままでの事件、辻川の死は、何ごともないように見えるこの世界の、ほんの一角を見たに過ぎないのだろうか。これからなにが起きようとしているのだろうか。

河川敷で遊ぶ子供たち。ゴールデンレトリーバーを散歩させる若い女。ベンチに座って語らう老夫婦。

この、かけがえのない平凡な日常を守れるのか。

「おーい、置いていくぞ」

先を歩く三人が振り返って手を振っている。

山辺は大股(おおまた)で歩き、距離を詰めた。

「ね、それでヤッたの？」

玲子の無邪気な声が聞こえた。

「僕、知ってるよ」

とのジョシュアの声に、あわてふためく美香。

山辺は苦笑いをした。

なにが来ようと、受けて立つしかない。

山辺は小走りに切り替えると、仲間たちの間に割って入った。

（本書はフィクションであり、登場する人物、および団体名は、実在するものといっさい関係ありません）

一〇〇字書評

切り取り線

購買動機（新聞、雑誌名を記入するか、あるいは○をつけてください）

□（　　　　　　　　　　　　　　）の広告を見て
□（　　　　　　　　　　　　　　）の書評を見て
□ 知人のすすめで　　　　□ タイトルに惹かれて
□ カバーが良かったから　□ 内容が面白そうだから
□ 好きな作家だから　　　□ 好きな分野の本だから

・最近、最も感銘を受けた作品名をお書き下さい

・あなたのお好きな作家名をお書き下さい

・その他、ご要望がありましたらお書き下さい

住所	〒				
氏名		職業		年齢	
Eメール	※携帯には配信できません		新刊情報等のメール配信を 希望する・しない		

この本の感想を、編集部までお寄せいただけたらありがたく存じます。今後の企画の参考にさせていただきます。Eメールでも結構です。

いただいた「一〇〇字書評」は、新聞・雑誌等に紹介させていただくことがあります。その場合はお礼として特製図書カードを差し上げます。

前ページの原稿用紙に書評をお書きの上、切り取り、左記までお送り下さい。宛先の住所は不要です。

なお、ご記入いただいたお名前、ご住所等は、書評紹介の事前了解、謝礼のお届けのためだけに利用し、そのほかの目的のために利用することはありません。

〒一〇一－八七〇一
祥伝社文庫編集長　坂口芳和
電話　〇三（三二六五）二〇八〇

祥伝社ホームページの「ブックレビュー」からも、書き込めます。
http://www.shodensha.co.jp/bookreview/

祥伝社文庫

ノー・コンシェンス　要人警護員・山辺努

平成30年 4 月20日　初版第 1 刷発行

著　者　梶永正史

発行者　辻　浩明

発行所　祥伝社

東京都千代田区神田神保町 3-3

〒101-8701

電話　03（3265）2081（販売部）

電話　03（3265）2080（編集部）

電話　03（3265）3622（業務部）

http://www.shodensha.co.jp/

印刷所　堀内印刷

製本所　ナショナル製本

カバーフォーマットデザイン　芥 陽子

Printed in Japan ©2018, Masashi Kajinaga ISBN978-4-396-34406-1 C0193